# 没有意义就没有摇摆

〔日〕村上春树 著
林少华 译

上海译文出版社

# 目　录

# 之于村上春树的音乐与“音乐观”(译序)

林少华

九月下旬的上海,溽暑顿消,金风送爽。傍晚时分,女子悄然回眸般的夕晖和不事张扬的灯光隐约映在老式洋楼前的法国梧桐上,无数叶片明暗轮替,光影斑驳。树下衣香鬟影,吴语呢喃——不用说,这是一座用梦幻、歌舞、香槟、时装和女性曼妙的身姿装点的城市。就在这样一个夜晚,我有幸去现场欣赏了“寻找村上春树——宋思衡多媒体钢琴音乐会”。村上与音乐,多媒体与钢琴,显然进入了这座城市部分青年男女和男士女士的日常生活流程,开始承载他和她的审美感受、知性思索和精神共鸣,以及对远方朦胧的渴望与憧憬。

我的应邀出现,当然不是因为我懂音乐和钢琴,更不是因为我一如我的名字那样年轻和风华正茂。恰恰相反,我开始老了。可是人们竟那么宽容和友好,每当举办同日本作家村上春树有关的活动,总喜欢把我从青岛那座地方小城找来——较之其他原因,大家情愿把村上的影响、他的文学魅力的某一部分归功于我,我再谦虚再推辞也不被接受。这么着,当思衡君用他那魔幻般的手指弹出最后一个音之后,听众以足够热烈的掌声欢迎我上台讲几句。人总是出现在他不该出现的场所。我只好走上始建于一九三零年的上海音乐厅优雅的舞台,大致讲了下面这样几句话。

对也罢不对也罢,反正我倾向于认为在我们这个大体相信无神论或缺少宗教情怀的国土上,能够安顿、抚慰和摇撼我们的灵魂的,不是权势,不是体制,更不是钞票、豪宅和美女。那么是什么呢?我想,在很多时候应该是艺术。而音乐是除了诗、诗歌以外最接近神、接近灵魂的艺术形式。不妨认为,音乐是接受神启或天启的产物。或者莫如说,没有神启参与的音乐,也不会是真正接近灵魂、关乎灵魂的音乐。众所周知,村上的文学世界恰恰富于诗意和神启色彩。说得极端些,乃是诗意和神启的结晶。在这个意义上,村上作品不仅可以用富于诗意的中文赋予其第二次生命,而且可以用音乐和钢琴进行二度创作。二者同是"翻译",都可以翻译得出神入化,翻译出原作的灵魂信息。是的——恕我重复——文学(诗)与音乐是天人之间距离最近的信息通道,是我们与上天或神、与灵魂对话最为神奇有效的媒介。

那么,一个人如果既懂文学又懂音乐会怎样呢?抑或,这样的人眼中的文学与音乐是怎样的呢?这是我翻译村上春树《没有意义就没有摇摆》这本音乐随笔集过程中始终挥之不去的念头。

村上喜欢看书,喜欢听音乐。他在这本书的后记中——在其他场合也一再提及——写道:

> 回想起来,书和音乐在我的人生中是两个关键物。我的双亲不是多么爱好音乐的人,我小时家里一张唱片也没有。就是说并非能自然听到音乐的环境。尽管这

样，我还是通过“自学”喜爱上了音乐，从某一时期开始一头扎了进去。零花钱统统用来买音乐，只要有机会就去现场听音乐演奏。即使少吃一顿空着肚子也要听音乐。只要是好音乐，什么音乐都无所谓。古典也好爵士也好摇滚也好，都不挑挑拣拣，只管一路听下去。这一习惯至今未变。大凡好的音乐——无关乎类型——都主动侧耳倾听。而若是优秀音乐，也会深受感动。人生的质地因为感动而得到明显变更的时候也是有的。

随手翻阅《倾听“村上春树”——村上世界的旋律》(「村上春樹」を聴く——ムラカミワールドの旋律，小西庆太著，Hankyu，2007年版)，得知从一九七八年的处女作《且听风吟》到二零零五年的《东京奇谭集》，村上的小说作品（不包括随笔、游记等）出现的音乐曲名、音乐家名字近八百次之多。《挪威的森林》、《舞·舞·舞》、《国境以南　太阳以西》、《世界尽头与冷酷仙境》以及《去中国的小船》等小说名就取自欧美流行音乐。一如村上本人对音乐的迷恋，小说中的主人公也对音乐情有独钟。他们在种种场合欣赏音乐、谈论音乐或用口哨自吹自赏。从古典、爵士到摇滚、流行音乐(Pops)以及休闲音乐(Easy Listening Music),确如村上所说,“无关乎类型”,字里行间纷至沓来,旋律此起彼伏。不时把主人公和读者带去意料不到的远方,让我们沉浸在超越语言、逻辑和思辨的无可名状的氛围中,品味一种由音乐和文学语言交融酿成的美妙心境。而那分明是具体的影像等有形之物所无法带给我们的。所以如此,或许因为灵魂本来是无形的,事情的本质和某种宇宙信息是无形的,神是无形的。大凡有形之物终将消失,惟无形永存。换言之,一切具象必然归于消亡,惟抽象永远延续。

而音乐恰恰是无形的、抽象的。村上那么喜欢并且在作品中运用和阐释音乐,不妨断言,村上是在追求无形、追求超越性——力图超越世俗价值观,超越既成制度性“文体”,超越来自外部力量的压抑和束缚。而这必然指向灵魂,指向灵魂的自由和飞升。

在这部专门谈音乐的随笔集中,作为其中流露的“音乐观”,不难看出村上最重视的就是音乐作用于灵魂的力量。例如他对“沙滩男孩”领军人物布莱恩·威尔逊的欣赏和评价就主要着眼于此。他在夏威夷火奴鲁鲁(檀香山)的威基基露天音乐厅顶着越下越大的雨听布莱恩·威尔逊户外音乐会,听他独自对着钢琴键盘满怀深切的悲悯演唱《爱与悲悯》(Love and Mercy):"看上去,他仿佛通过唱这首歌安抚死者的魂灵,静静哀悼自身已逝的岁月,仿佛宽恕背叛者,无条件地接受所有的命运。愤怒、暴力、破坏、绝望——他正在将一切负面情绪拼命推向哪里。那种痛切的心绪径直抵达我们的心。""抵达我们的心"以及"直抵人心"(塞达·沃尔顿)、"直抵肺腑"(查特·贝克)等说法,可以视为村上对音乐的最高评价,大体与"安魂"同义。

在村上看来,一首乐曲、一支歌只要具有"安魂"元素,纵使技巧有所不足甚至演奏出错也是好的音乐,迈尔斯·戴维斯便是以其"精神性即灵魂的律动来弥补技巧的不足"。而拥有卓越技巧的温顿·马萨利斯反倒未能很好地找到自己的本来面目和应站立的位置,不能以自己的意志下到"灵魂的地下室"。马萨利斯最得意的事情就是强调技巧的重要,认为技巧对于任何领域的艺术家"都是道德最初步的标记"。村上对此不以为然:"他所表述的,作为语言,作为理论都是明晰而正确的。可是对于人们的灵魂来说,则未必正确。在许多情况下，灵魂是吸收超出语言和道理框框的、很难说是含义明确的东西并将其作为营养而发育成长的。惟其如此，查特·贝克晚年的音乐才作为对某种灵魂有重要意义的理念为人们所接受。遗憾的是，马萨利斯的音乐则相反，完全不为人接受。”毫无疑问，缺少“安魂”元素，正是马萨利斯的音乐“为何（如何）枯燥”的答案。

那么，靠什么“安魂”？靠什么给灵魂以抚慰或者摇撼呢？村上为此以最大篇幅歌颂了被誉为“民谣之父”的美国歌手伍迪·格斯里。伍迪没有甜腻之处，他唱的歌也没有一丝甜腻。但对倾听他歌声的人来说，最宝贵的东西就在那里，不为布什政权（或类似政权）歌唱的孤高情怀就在那里，为被虐待的人们争取社会公正（Social justice）以及为其提供支撑的近乎天真的理想主义就在那里，忍耐和奋起反抗的意志就在那里，“那不妨称之为美国魂”。换言之，同“安魂”最相关的元素，是正义、悲悯与燃烧的理想。村上是这样结束这一章的：“自不待言，音乐有各种各样的功能，有各种各样的目的，有各种各样的欣赏方式，不是哪个好哪个差那样的东西。但伍迪·格斯里终生坚守的音乐形式，无论在任何时候，想必都是我们必须带着敬意加以珍惜的一件瑰宝。”可以说,这是村上“音乐观”的基石或基本要素。

构成村上“音乐观”另一要素,是他对音乐“文体”的看重。“文体”位于灵魂(精神境界)和技巧之间,是音乐家、演奏家个性语汇和特有风格的体现。村上以菅止戈男为例,说他听其音乐得到的第一印象就是旋律的独特性,在和声的选择和安排上具有非菅止戈男莫属的特征,“我认为,这种distinctiveness(固有性)对于音乐有很大意义。”大约正是出于这一认识,村上在第一章作为标题就提起文体:塞达·沃尔顿——具有强韧文体的minor poet(小诗人)。“不管怎样,我喜欢沃尔顿知性、正派而又如钢刃一般锋利的独特指法,喜爱此人不时从内心深处缫出的执拗而又Ominous(不吉祥)的音色(在我听来,那是内在魔性诚实的余韵)。”此外村上在文体方面采取较多的表述,主要有“新颖,无媚俗之处”、“深邃”、“多元”、“节制”、“简洁”、“出神入化”、“淋漓酣畅”、“新鲜”等等,尤以“新鲜”居多。

“新鲜”即意味“独一无二”,意味“个人独特性”。村上显然对排斥个人独特性的制度性共谋文体或话语风格深恶痛绝:

如果允许我极其个人地坦诚相告,每次听日本的流行歌曲,我都往往为其歌词的内容和“文体”搞得心烦意乱,以致把整个音乐弃之不理。偶尔看一眼电视连续剧,有时也因无法忍受剧中人物口中那肉麻的台词而当即关掉电视,二者情况多少相似。我一向认为,所谓 JPOP 的歌词也好电视连续剧的台词也好“朝日”、“读卖”等全国性报纸的报道文体也好,都是一种“制度语言”(当然不是说尽皆如此,而是就大部分而言)。所以,我没有心思一一从正面批判它们,就算批判也没多大意思。说到底,那是建立在利益攸关方互相协商和了解基础上的一种制度。因此只能通过其同制度这一主轴的相互关系加以批判,而那又是无法批判的。将其作为独立文本来批判几乎不可能。说得浅显些,那是这样一个世界:局内人甚至视之为自明之理,局外人则觉得莫名其妙。

不能不承认,村上这段话说得十分耐人寻味、发人深省。看来,村上所处的现实环境也并不那么美妙。惟其环境不美妙，他才分外需要通过文学和音乐这样的虚拟世界去寻求美妙。在这个意义上，文学也好音乐也好，对于他都是对抗“制度语言”或体制性文体的一种武器，同时又是精神避难所或镇魂歌、安魂曲。实际上这部随笔集也主要不是阐述他的音乐观，而更多的是感受和享受音乐的美妙。例如关于斯坦·盖茨：“我要什么也不说、有时什么也不想地侧耳倾听他电光石火的手指和细如游丝的呼吸所编织的天国音乐。在那里，他的音乐不由分说地凌驾于所有存在——当然包括他自身——之上。……他当时的音乐具有超越框架的自由——仿佛在意想不到之时从意想不到之处轻轻吹来另一世界的空气。他可以轻而易举地跨越世界的门槛，就连自我矛盾也能将其转换为普世性的美。”再如关于弗朗西斯·普朗克：“在心旷神怡的星期日早上打开真空管大号音箱……然后把普朗克的钢琴或歌曲的LP慢慢放在唱机转盘上。应该说这到底是人生中的一大幸福。这或许的确是局部的、偏颇的幸福，也可能这种做法只适用于极少一部分人，但我以为即便微乎其微，那也应该是世界某个地方必然存在的一种幸福。”另外有一段话的译文我想完整地抄在这里：

我想，听古典音乐的喜悦之一，恐怕在于拥有几首之于自己的若干名曲，拥有几位之于自己的名演奏家。在某种情况下，那未必同世人的评价相符。但通过拥有那种“之于自己的抽屉”，那个人的音乐世界应该会拥有独自的广度和深度。而舒伯特的D大调奏鸣曲之于我便是这种宝贵的“个人抽屉”。我通过这首音乐得以在漫长岁月里邂逅易斯特敏、克林、柯尔荣和安斯涅斯等钢琴手——这么说或许不好，他们决不是超一流钢琴手——各自编织的超凡脱俗的音乐世界。自不待言，那不是其他任何人的体验，而是我的体验。而这样的个人体验相应成为贵重而温馨的记忆留在我的心中。你的心中也应该有不少类似的东西。归根结蒂，我们是以有血有肉的个人记忆活在这个世界上的。假如没有记忆的温煦，太阳系第三行星上的我们的人生难免成为寒冷得难以忍耐的东西。正因如此，我们才恋爱，才有时像恋爱一样听音乐。

最后请允许我说几句题外话。《没有意义就没有摇摆》这本书是七八月间我在东北乡下翻译的。乡下没有摇摆没有音乐——甚至意义都好像没有——但另一方面，乡下又是十足自成一统的音乐世界，一个没有音乐的音乐世界就在那里：推门就是满园果蔬，满院花草。凤仙、步步高、蜀葵、大丽花、牵牛花、万寿菊、九月菊、高粱菊、大波斯菊……五彩缤纷，争妍斗艳，蜂飞蝶舞，蜻蜓盘旋，令人目不暇接。其中最吸引我的是木篱笆上的牵牛花。攀爬的枝蔓如五线谱，花朵如彩色音符。或者索性如一支支紫色蓝色粉色白色的小喇叭一齐吹响直抵人心的管乐曲，谁能说那不是音乐呢？乡下起得早，五点钟我就起床了，在这“管乐世界”里往来流连，大约六点开始进入书中音乐天地。没有电话响，没有门铃声，没有开会通知。六点到十二点，一上午即可完成城里一天未必完成的翻译量。傍晚外出散步。风歇雨霁，四野清澄，山衔落日，野径鸡鸣。雨燕优美的弧线，野花蒿草的浓香，偶尔的蛙鸣和知了的叫声。及至入夜，或繁星满天，银河如练，或月华如水，万里清辉。山的曲线，树的剪影，花的芬芳，虫的低语——此情此景，使得不懂音乐的我也不由得有了音乐灵感，得以顺利潜入村上笔下的音乐世界，品听旋律的激越或悠扬，感受音乐家的心跳和喘息。因此，这本小书的集中译出，要首先感谢故乡，感谢乡下,感谢牵牛花。此外我还要对海峡对岸的同胞刘名扬君表示感谢,没有他翻译的台湾繁体字版《给我摇摆,其余免谈》(时报文化出版企业股份有限公司 2008 年版),一些乐曲名称、音乐家名字等音乐方面以日语外来语形式出现的专门语汇,身在乡下缺少必要资料的我恐怕很难使之顺利返回英文并译为汉语。在这点上,我为自己不是第一个译者感到庆幸。正因为翻译界、读书界存在这样不辞劳苦孜孜矻矻的先行者——挪用村上春树君的说法——“世界的钟摆才得以微调和收敛于合适的位置”。译稿最后完成之后,承蒙上海音乐学院陶辛教授在百忙之中从专业角度仔细确认和订正,在此一并致以诚挚的谢忱。

其实,翻译家和出现在这部随笔集的钢琴演奏家有个相同点——二者都不是原创,而是面对原著或乐谱之原始文本进行二度创作。而不同之点也有一个:人们献给优秀钢琴演奏家的敬意似乎比翻译家大得多。这我当然理解。正因如此,我要将我的敬意献给拙译的读者。

二零一一年十月五日深夜于窥海斋

是夜青岛风清月朗灯火阑珊

# 塞达·沃尔顿

## ——具有强韧文体的minor poet

Pit Inn(East Wind EW—7009)

书中唱片及其编号均据作者持有的 LP①、CD。

## Cedar Walton(1934— )

生于得克萨斯州达拉斯。爵士乐钢琴手。原在 R&B 乐队演奏,自服完兵役后的 1958 年开始加入吉吉·葛莱斯(Gigi Gryce)、罗·唐纳森(Lou Donaldson)乐队。1961 年加盟阿特·布雷基和爵士信使乐队(Art Blakey & The Jazz Messengers)。其后与山姆·琼斯(Sam Jones)组建三重奏。在电子乐器和自由爵士(free jazz)跃居主流的时代力撑传统的非电声爵士乐坛。

① LP:Long Playing 之略,长时间演奏的唱片,密纹唱片。单面演奏时间约 30 分钟。

如果叫我在不问年龄和风格的情况下从当下活跃的爵士乐钢琴手中举出一个我最喜欢的，脑海中首先浮现出来的是塞达·沃尔顿（Cedar Walton）这个名字。我猜想，和我同样热捧此君的人士想必（如果有的话）为数很少。即使相当喜欢爵士乐的人，恐怕也对塞达·沃尔顿这个名字不太熟悉。作为一般反应，至多心想“塞达·沃尔顿？唔，倒是个蛮有实力的不坏的钢琴手”。

塞达·沃尔顿固然是兼具实力和阅历的无可挑剔的钢琴手，但迄今为止，一次也没有从爵士乐迷那里得到万众瞩目的机会。以棒球手打比方，他就像是太平洋联赛弱势球队打第六棒的二垒手——终究是比方——虽说在行家圈里颇受好评，但毕竟不够显眼。

马尔·沃尔德伦（Mal Waldron）原本也和沃尔顿同是不

起眼的钢琴手,却凭借爵士酒吧中的一曲《孤身一人》(Left Alone)而一炮打响,至少在日本成了超级明星。遗憾的是(或许应该这样),塞达·沃尔顿身上没有发生这样的奇迹。由于这个缘故,我想借此机会写写他——往后不知还有没有机会就塞达·沃尔顿写如此够分量的文章了。

我第一次听得沃尔顿的钢琴,是在一九六三年一月阿特·布雷基与爵士信使乐队来日公演的会场。在这里沃尔顿也不引人瞩目。毕竟,主帅布雷基以振聋发聩的音量一个劲儿擂鼓助威。况且其他人清一色是年轻气盛、意气风发的第一线乐手:小号手佛瑞迪·哈伯(Freddie Hubbard)、次中音萨克斯管手韦恩·肖特(Wayne Shorter)、长号手柯蒂斯·福勒(Curtis Fuller)。至于沃尔顿的钢琴,早已销声匿迹。老实说,我也几乎不记得他当时的演奏。尤其同爵士信使乐队的前任钢琴手鲍比·蒂蒙斯(Bobby Timmons)那天风海涛的弹奏相比,沃尔顿的钢琴无论怎么偏袒都只能说是"淡如影子"。

再次听得他的现场演奏,已经是十二年后的一九七四年十二月圣诞节前两天在新宿的“Pit Inn”。那时我二十五岁，成了装了满满一脑袋自鸣得意音乐知识的蛮像那么回事的爵士乐迷。那时我对塞达·沃尔顿这个钢琴手没有多大兴致。这是因为，以我听到的声望（Prestige）唱片公司出品的几张个人专辑来看，他并非多么出色的钢琴手。沃尔顿是在当时所谓“主流派”乐手们录音场次一个跑龙套的。固然是马不停蹄的钢琴手之一，但始终是彻头彻尾的配角。演出场次虽多，存在感却很淡薄，几乎没有留在记忆中的独奏。印象中，与其说是红人，莫如说更像是任人驱使而又容易驱使的场次钢琴手。比之和他同时出道而在第一线呼风唤雨的麦考伊·泰纳（McCoy Tyner）和赫比·汉考克（Herbie Hancock）那超尘脱俗、穿云裂石的演奏，他给人的印象明显差了一截，总好像温吞水似的。

可是，实际在眼前听来，说出乎意料也好什么也好，反正这次演奏是那般热烈那般生动，令人吃惊。贝司手是山姆·琼斯，鼓手为比利·希金斯（Billy Higgins），如此组成三重奏。没有乱七八糟的名堂，极其简洁而又正统。三人在台上完全配合默契，各自送出的乐声是那般浑然天就，有机结合在一起。而且,乐声的结合无一不鲜明真切,仿佛肉眼都可看见。因为音乐的基本概念已在三者之间达成一致,所以声音奏出的火候恰到好处。其结果,声音从不相互碰撞或混淆。而这种"出来进去"又没有堕入训练有素导致的廉价的驾轻就熟。由于每个人都多少怀有"向前向前"那样的心情,故而随着演奏的推进,音乐的体温一点点不断上升。

那时我再次切实感到,音乐这东西还是要听现场演奏才能听出名堂。唱片诚然方便,但还是有很多东西要身临其境才能明白。而且,有的音乐——就像塞达·沃尔顿的音乐——还是要在气氛融洽的小型爵士乐俱乐部里听才能把握其美妙之处。沃尔顿并非在大型音乐厅让人正襟危坐倾听的演奏家。他创造的乃是极为个人性质的音乐——需要亲眼确认每一个声音的动向和感受其呼吸的节奏才能晓得其真正的价值。这次演奏会录成唱片,由日本的 East Wind 唱片公司发行。但我觉得,十二月那个夜晚现场听得的音响的冲击力,要比听唱片上的演奏(尽管这个也相当精彩)强烈两三倍。

一个真诚而有骨气的 minor poet[①],这是那天夜晚沃尔顿给我的印象。吉行淳之介[②]动不动就说“我在本质上是个 minor poet”,或许这上面有相通之处。他不曾写过划时代的长篇巨制,但在以敏锐的感觉精雕细刻的短篇小说以至描写笼罩浅色雾霭那样的秘密空间的中篇小说领域,则独辟蹊径,非我辈所能效仿。自不待言,能够抵达人心的音乐和语言,是无法以物理性大小来计量的。

也并不限于音乐家和小说家,尽管作为数量不是很多,但世间这一类型的人还是存在的。平时老老实实,很少主动上前发言,看上去不那么起眼。但每到关键时刻,便站起身简明扼要条分缕析地阐述堂堂正论。其话语自有其坚实的分量。说罢坐下,继续静静倾听别人的意见。正因为存在这样的人,世界的钟摆才得以微调和收敛于合适的位置——便是给人这样的印象。塞达·沃尔顿恰是这一类型的音乐家。才华横溢、狂纵不羁的爵士乐手诚然富有魅力,可是,恐怕正因为有

---

① minor poet:小诗人。尽管不是一流诗人,却令人忽视不得。

② 吉行淳之介(1924—1994):日本当代知名作家。曾任村上春树处女作《且听风吟》所获“新人奖”的评委。

沃尔顿这种实力型"隐身味"的人,爵士乐世界也才产生了相应的阴翳与纵深。

顺便说一句,翌日(24 日)渡边贞夫加进来同台演出,三重奏成了四重奏。以剩下的唱片听来,这次演奏也非常刺激。虽说因是即席组合,某种程度上实属情有可原,但沃尔顿和渡边贞夫的音乐方向性毕竟微妙地错离开来,致使这场演奏多少缺乏耐得住长期考验的说服力。不过,显而易见,若在现场听来,肯定乐在其中。然而遗憾的是,我因故未能前往。

说起当时的钢琴三重奏,大致有三个类型:比尔·伊文思(Bill Evans)型的、麦考伊·泰纳型的,或者奥斯卡·彼得逊(Oscar Peterson)型的。乐坛为这三个类型所左右——赫比·汉考克和基斯·加雷特(Keith Jarrett)当时恐怕还在一味有意回避三重奏这一模式——而塞达·沃尔顿的演奏有别于任何类型。这种地方让人感到新鲜:噢,原来还有这样一种途径!他那清脆而强劲的右手击键、那一往无前的飙车感固然有巴德·鲍威尔(Bud Powell)的直接影响,但其知性而高效的分句(Phrasing)明显受到新一代的洗礼——那种双流交融互汇的情形出人意表而又引人入胜,不可思议。既非炫耀技巧那一类型，又不至于将任何人都容易认知的明确风格暴露无遗。因此，若不注意听，很可能失之交臂。而若投入全副身心，便不难听出其中存在和运作的独具一格的"塞达·沃尔顿指法"或"塞达·沃尔顿风味"，从而为之折服：此人是在几乎同时尚无缘的地方以自己的方式静静摸索自己的风格！

塞达·沃尔顿一九三四年生于得克萨斯州达拉斯。母亲是钢琴教师，从小正规学习了古典音乐。在 R&B 乐队工作一段时间之后，因立志当爵士乐手，于一九五五年来到纽约。但马上应征入伍，在军队过了两年。退伍后在纽约游游逛逛，那期间曾同吉吉·葛莱斯一起演奏。后来加入同是得克萨斯州人肯尼·多罕（Kenny Dorham）的乐队，同罗·唐纳森共台演出，其后作为托米·弗兰纳根（Tommy Flanagan）的后任而担任 J. J. Johnson 五重奏乐队的首席钢琴手。在这支乐队干了两年，为乐队提供了几首优秀（但离走红还差一步）的原创乐曲。

离开 J. J. 乐队之后，加盟由亚特·法默（Art Farmer）与班尼·高森(Benny Golson)主宰的爵士乐队,在那里待了一年多。再往下接替鲍比·蒂蒙斯,于一九六一年夏应邀加入阿特·布雷基与爵士信使乐队。一九六三年来日,还是初中生的我有幸在神户音乐厅坐在他的对面。

怎么样,不认为作为爵士乐手来说这阅历够华丽的?加盟的乐队每一支都是当时野心勃勃的顶级团队。尽管如此——无论加入怎样的乐队——此人的演奏都自始至终未能引起世人关注。这样的人也够罕见的吧?他在爵士信使乐队做了三年,其间履行了作为音乐总监的职责,为乐队提供了无数原创乐曲和编曲。他谱写的原创乐曲《雨月》和《马赛克》甚至成了专辑唱片的名称。然而,聚光灯从未照在他身上。沃尔顿作为作曲家的才华也是第一流的,有好几首留在人记忆中的优美乐曲。可惜——或许应称为可惜——偏偏不如乔丹公爵(Duke Jordan)等人谱写的乐曲那样大红大紫。

六十年代中期他退出乐队,成为自由乐手。在以很少的酬金(大概)一再为人充当枪手之后,沃尔顿终于出了个人专辑唱片。那已是六十年代快要结束以后的事了。最先出的是名叫《塞达!》(声望公司)的专辑。小号手是旧友肯尼·多罕、次中音萨克斯管手是朱尼尔·库克(Junior Cook),由此组成三重奏。只是,肯尼·多罕在这一时期已经由于吸毒等原因处于摇摇摆摆的状态;朱尼尔·库克也成了基本无法聚焦那一类型的乐手。所以坦率说来,很难称为光彩夺目的阵容。整体风格模糊,缺乏谐调感,节奏到处磕磕绊绊。就连希金斯在这里也敲得太猛。专辑收有沃尔顿四首原创曲,哪一首都是令人心往神驰、富于个性的乐曲,但演奏方面很难说与之相映生辉。

不知是不是因为领衔这一宝座坐起来不够舒服,沃尔顿本身的钢琴也好像有些优柔寡断,感觉上似乎没有抓住原来的"飙车感"。或者他的演奏风格在这一阶段尚未明确形成亦未可知。估计两方面的原因都有。这张专辑在《强拍》(Down Beat)杂志上获得了高度评价(四星半),但我觉得其中含有对于作为作曲家的沃尔顿的评价和对于他长期被世人过低评价的同情。如今听来(不,即使当时听来),给人的感觉总好像一个觉没睡足的乐手在早餐前录制的唱片。其志可嘉,但缺乏感染力。

这以后到一九七〇年,沃尔顿把三张由他领衔的专辑全部交给堂·施利滕(Don Schlitten)策划,由声望(Prestige)唱片公司发行。作为结果,遗憾的是哪一张都不值一提。由布鲁·米契尔(Blue Mitchell,小号手)与克里福德·乔丹(Clifford Jordan)这两位年轻管乐手打头阵的《光谱》(Spectrum),内容较过去有所推进。沃尔顿在与唱片名相同的自家作品中的长独奏也是压卷之作。但是,音乐沦为过于强调霍雷斯·席尔瓦(Horace Silver)五重奏的狂放风格,而沃尔顿这位演奏家的真正价值未能得到充分表达。硬波普(Hard Bop)的渣滓如一条切掉半截的秃尾巴一样拖着他,致使他未能开辟新的天地。

接下去的两张,沃尔顿部分地使用了电子琴。听之,不由得生出同情之心:在这一时代作为主流派爵士乐手生存下去是何等不易!整个美国反战运动风起云涌,反叛文化受到追捧,摇滚乐全线出击——二十世纪七十年代前后也是爵士乐手信心尽失的时代。主流派旗手约翰·科特兰(John Coltrane)已然不在,另一方面的旗手迈尔斯·戴维斯(Miles Davis)又坚定不移地走摇滚路线。年轻人的大半都背对主流爵士乐而去。在这种情况下,沃尔顿依然本着良心继续摸索自己本应迈进的方向。然而在唱片公司摇摆不定的营销方针的左右之下,他很难确立自己的风格。他在这一时期推出的唱片,即使个别作品有可圈可点之处,但作为唱片也还缺乏整体感,听起来让人焦躁不安。以餐馆打比方,虽然每一盘菜的质量都绝对不差,但菜与菜的搭配出了问题,致使各盘菜的味道互相抵消。

如此这般,"声望"时代的塞达·沃尔顿在"百般迷惘"当中不了了之。一般乐手若出四张唱片,理应水到渠成地形成相应的轮廓,但此人不同。领衔之后好像也还是任人"呼来唤去",未成大器。因为没有自己的乐队,每张唱片都走马灯似的更换成员也妨碍了整体感的形成。

沃尔顿好歹开始抓住自己的风格是在离开声望唱片公司之后——一九七二年他让汉克·摩布利(Hank Mobley,次中音萨克斯管手)和查尔斯·戴维斯(Charles Davis,上中音萨克斯管手/高音萨克斯管手)这两位萨克斯管手领头组成五重奏阵容,为新生的圆石(Cobblestone)唱片公司录制了《突破!》(Breakthrough!)。策划人虽然同是"声望"时代的堂·

施利滕，但此时的沃尔顿已经今非昔比，攻势相当凌厉。从中明显看出类似将计就计的态度。他脱去束缚人的西装革履："一不做二不休，放手大干一场好了！"抛开繁琐的概念，沉下心来尽情吹奏、一路狂奔——五位演奏家的意志在这点上基本一致。其结果，尽管多少有些胡来——让人怀疑只录一遍就算完事——但毕竟录成了投入感情的爵士乐唱片。至少这里没有往日沃尔顿领衔作品中的半生不熟。

想必，转到"圆石"这样新成立的小唱片公司使得各种尝试比以前来得容易了。沃尔顿的钢琴也总算从这时开始给人以他固有的"新一代鲍威尔"式硬波普之感。他已不再是循规蹈矩的知性钢琴手，他也能够大刀阔斧狂飙突进——这一变化越来越明显，谢天谢地！

这张专辑，将安东尼奥·卡洛斯·若宾（Antonio Carlos Jobim）的巴萨诺瓦（Bossa Nova）和《爱情故事》[①]主题曲作为"流行曲"收录进来，沃尔顿虽然仍局部地弹奏电子琴，但感

① 美国电影，1970 年出品，获得 1971 年奥斯卡最佳原创配乐以及 1971 年金球奖最佳原创配乐、最佳剧本奖。

觉上那也似乎出于一种体贴之情，专辑的创作理念并未受到多大损害。或者莫如说，《爱情故事》主题曲在效果上相当洒脱，铿锵悦耳。想必他已具有足以将这样的东西融会贯通、因势利导的气势。汉克·摩布利将长达三年的旅欧生活(大概因为毒品)划上了休止符，刚刚回到纽约重临现场。不过作为这一时期录制的东西，始终充满野心勃勃的张力。虽然查尔斯·戴维斯的音色时而令人惧怵，但是他那尚未乖乖就范之处反而促成相当不错的效果。我把这张唱片搞到手是在一九七四年听过他在“Pit Inn”的演奏之后，成了我的心爱唱片，听了相当长时间。想不到那种单纯的粗糙令人百听不厌。

顺便说一句，这张唱片是汉克·摩布利最后录制的唱片。肯尼·多罕、李·摩根(Lee Morgan)等常和沃尔顿同台演奏的硬波普时期的大牌音乐家相继去世。无不死于非命。爵士乐坛即将大大改观。

沃尔顿同堂·施利滕这对搭档在那之后不久就转去缪斯(Muse)唱片公司，但演奏的理念和方向性更加朝稳定方向发展。尤其一九七三年现场录制的“A Night at Boomer's”(两张一套)，乃是光芒四射的主流爵士乐作品。

这张唱片成功的原因十分清楚。一是在小规模爵士俱乐部的现场录音，二是有相互知根知底的盟友克里福德·乔丹以来宾身份参加钢琴三重奏。乔丹不是具有强烈原创性的乐手，也并不具有“非他莫属”那种鲜明个性(如果蒙上眼睛猜人，答案很可能让回答者啼笑皆非)，但他作为技艺扎实、品位优雅的主流乐手绝对为沃尔顿的音乐增光添彩。他的演奏同三重奏的演奏浑融一体，不时将音乐推向高潮。想必两人的音乐观——没准包括境遇——有相通之处。

当时，乔丹和沃尔顿实质上似乎有两人组成双龙乐队的意识，看情况由两人中的一人领头。节奏组则请那时附近没事干的乐手帮忙。多数情况下，比利·希金斯打鼓，贝司由山姆·琼斯负责。毕竟成员地道，虽说未能作为常规乐队长期纵横乐坛，但沃尔顿毕竟大体在纽约这座城市构筑了属于自己的团队。

这里，沃尔顿已不再弹电子琴，自己熟悉的“流行曲”也压缩为巴特·巴卡拉克(Burt Bachrach)的《这家伙爱上了你》(This Guy's in Love with You)一曲。专辑演奏的其他乐曲,除了沃尔顿原创曲[旋律优美的《圣地》(Holy Land)]和乔丹的原创曲各一曲之外,其余无不是有名的标准曲。例如《圣托马斯》(St. Thomas)、《奈玛》(Naima)、《蓝调孟克》(Blue Monk)、《星尘往事》(Stella by Starlight)。沃尔顿和乔丹表示:“我们刻意选了这些曲目。关于录制,与其说是挑战性的,莫如说是尽可能以自然而然的平常心进行的。”作为实况录音现场的格林威治村爵士乐俱乐部“Boomer's”是他们平时经常演奏的俱乐部,从中不难感受到悠然自得的融洽气氛。客人也好像几乎是常客。

接受采访时,对方问“为什么演奏巴卡拉克《这家伙爱上了你》那样的东西?是你喜欢的吗?”沃尔顿淡然回答:“No,是客人点的,所以才弹。”这种适度的随意性恐怕也是这张唱片的一个亮点。钢琴的音质多少有些刺耳(好像用的年头太多了),耳朵花了些时间才习惯。而一旦习惯,对这个也自会产生好感:“到底有现场录音的临场感啊!”

沃尔顿在这张现场录制的专辑唱片中所做的,表面上看来有可能是“往后看”的音乐——一听就听得出,他只是以驾轻就熟的手法通过极为简单的乐器组合演奏广为人知的名曲。其中没有往日塞达·沃尔顿的“正襟危坐”之感。然而侧耳细听,哪怕再是被演奏得体无完肤的老歌老曲,他的钢琴都会以击穿时间之壁的气势一路攻城略地,绝尘而去。那似乎是以所谓知性派钢琴手闻名的沃尔顿迄今未曾充分施展的另一侧面。例如以钢琴三重奏演奏的抒情曲《一路到底》(All the Way)务请一听——沃尔顿以势不可挡的指法叩击键盘,同时以条分缕析的说服力弹奏着由弗兰克·西纳特拉(Frank Sinatra)唱红的这首不无感伤意味的短曲。和弦的展开也绝未轻易就范于波普框内,然而又不失本来的歌魂。演奏精彩、新颖,无媚俗之处。虽然指名道姓不大合适,但托米·弗兰纳根、汉克·琼斯(Hank Jones)和巴里·哈里斯(Barry Harris)恐怕是不会有如此石破天惊的演奏的。有人将沃尔顿称为“爵士乐坛的肖邦”。说不定,这种称呼酿造出的罗曼蒂克室内乐演奏形象,使得他演奏的音质品质定位于较为偏颇的方向。说到底,我觉得他天生的拿手戏表现在作为“战斗的 minor poet”那静静的硬汉作风上。

进入七十年代,由“圆石”和“缪斯”出品的这些专辑唱片，较之作为作曲家、编曲家的知性侧面，聚光灯更多地打在沃尔顿作为接受主流派洗礼的后期硬波普钢琴手的即兴——总的说来更为随意——的侧面上。就结果而言，给他的音乐带来了正面影响。原本具有知性、小巧、工致倾向的他的音乐，在知性基础上获取了适度的攻击性。虽说距商业性成功还很遥远，但毕竟获得了——尽管微乎其微——自己的风格和立足之地。沃尔顿因此有了自信，一九七四年十二月率领自己的三重奏乐队访问日本，在东京的"Pit Inn"进行现场演奏，受到现场听众的热情声援（前面讲过了，我也是其中一人）。

"在美国，爵士乐得到的评价绝对不高。同古典音乐相比，被低看一两个档次。我们是以小型俱乐部为据点生活的，但并不以此维持生计——不希望这样看待我们。这和其他国家情况完全不同。举个例子，最近我同阿特·布雷基一起去日本来着（注：一九七四年的爵士信使乐队重组旅行团），这使我再次认识到，以世界层面看来，爵士乐是拥有何等巨大力量的音乐！"

从这段发言中可以充分看出，沃尔顿是相当踌躇满志地出现在日本“粉丝”面前的。并且,他在日本舞台现场演奏的热情,恰恰是那种雄心和自负的反映。同“Boomer's”的会场不同,他在日本演奏会上主动演奏了自己的原创乐曲,取得了完美的效果。例如《甜蜜星期天》(Sweet Sunday)、《三得利布鲁斯》(Suntory Blues)、《D 大调幻想曲》(Fantasy in“D”)。演奏时,他作为作曲家的原创性同其坚韧不拔的琴艺结合得天衣无缝。此外,虽不是他自己的作品,但《没了歌唱》(Without a Song)那优雅的编曲也值得一听。此人改编的“歌唱曲”,无论什么时候听都令人钦佩有加。

七十年代后半期,沃尔顿推出了若干优秀专辑,稳扎稳打地夯实了自己的地盘。虽然由 CBS 和 RCA 等大公司刊行的沃尔顿领衔专辑大多是缺乏亮点的平庸之作,但由小公司、尤其由欧洲和日本的唱片公司出品的唱片中有很多内容上值得关注的作品。在这个意义上,美国的唱片公司长期未能理解沃尔顿音乐的真谛(有可能现在也没理解)。

七十年代他的演奏中我最偏爱的,是由贝司手雷·布朗(Ray Brown)、鼓手埃尔文·琼斯(Elvin Jones)等豪华阵容于一九七七年灌制的《献给莱斯特》(Something for Lester,当代唱片公司)。这张专辑中的沃尔顿演奏委实令人叫绝。充满自信,而又不出风头,一边倾听布朗和埃尔文的呼吸,一边果断地弹奏不止,真可谓“掷地有声”。如此手段决非常人可为。即使和雷·布朗、埃尔文·琼斯这两位超级大腕同台演出也毫不怯阵。

向唱片公司提出录制有沃尔顿参加的钢琴三重奏的,是领队雷·布朗。他作为米尔特·杰克逊乐队(Milt Jackson Band)的成员两三次来日公演,那时我为他的演奏迷得如醉如痴。布朗说道:“这几年来和我同台演出的人当中,沃尔顿是最为出色的钢琴手之一。”对沃尔顿的演奏给予最为正当的理解的,或许就是这类乐手同行。

一九七五年,他在同山姆·琼斯、比利·希金斯组成的三重奏里加进乔治·克尔曼(George Coleman),组建名叫“Eastern Rebellion”(东部叛乱)的乐队[名字当然来自爱尔兰有名的“复活节起义”(Easter Rebellion)],在荷兰的永恒(Timeless)唱片公司录音。“东部叛乱”名义下的演奏尽管有成员变动,但作为一个系列存续了较长时间。说起来,它采取的是贯穿七十年代的“东部主流派之中间路”那样的路线的。演奏本身无论哪一个都够档次，值得听的地方也自有不少。不过老实说，内容上很难称之为焕然一新，加之频繁更换第一线成员的关系，因此感觉上缺乏一以贯之的乐队理念，多少有些名不符实。

一九七七年，沃尔顿还加进次中音萨克斯管新星鲍勃·伯格（Bob Berg）组成四重奏，为丹麦的跨栏赛马（Steeple Chase）唱片公司现场录音。地点在哥本哈根的“Monmartre”。这次演奏相当热烈，听众很有反响。尤其第二辑（Second Set）中的《甜蜜星期天》，听了将近二十分钟的激情演奏，我由衷地心想：对了，就是这个！这才是塞达·沃尔顿的音乐世界！首先让身体突然动了起来，脑袋自然跟上——我觉得这才是沃尔顿这个人的正确做法。激情演奏的空隙间自行渗出的崭新的知性——这样的东西恐怕正是沃尔顿钢琴的本来面目。

这种自发而自然的崭新性——恕我坦率——如今听来，要比曾经的“新主流派”明星汉考克、麦考伊和基斯·加雷特那似乎囿于盛名、时而令人窒息的演奏风格好得多了。人的浮沉这东西真是神鬼莫测。沃尔顿没有以崭新风格为招牌招摇过市，因而取得社会的认同花了很长时间，可是惟其如此，他才没有受风格的束缚，也没有被驾轻就熟的指癖所绑架，从而得以通过自己的步调真诚地发掘自己的音乐。听他的演奏，能让人感受到音乐的纵深，或者产生一种通透感——新鲜空气从某处乖觉地涌入房间。所以，即使长时间听也不累。

或许大器晚成一词正该用在沃尔顿身上。近来倒是开始有许多由他领衔的作品发表了，但几乎没有令人蹙眉的东西。尽管作品有的流于知性有的略嫌具体，但无论哪一个都能够让人点头称是。对于管乐手的人选，老实说来，固然有时为之费解（不知他原本喜欢 B 级管乐手，还是没有选择余地），但作为钢琴手的他似乎已经具备了大家风范——不独弹得过分，不平行得过分，然而该表达的绝对一吐为快。“影响力”这个词诚然有些同他的音乐无缘，但倾听最近出现的年轻钢琴手的演奏，不少时候仍会觉得“这怕是塞达·沃尔顿一贯做法的延续（或因袭）”。

尽管如此，此人的固有的质朴也没变。众多爵士乐迷依然这样看待他：“是的是的，险些忘记塞达·沃尔顿这个人！”

他身上也有使人以为他仅仅是个实力型中庸钢琴手那样的部分。这的确不无遗憾。我想,这恐怕是他与生俱来的个性所造成的,而这样不也是可以的么!如果有人说沃尔顿的演奏缺少爵士乐的内在魔性,那或许是那样的。我无意反对那样的意见。不过请你仔细想想:自约翰·科特兰去世以来,除却迈尔斯·戴维斯的若干专辑,到底有多少真正具有"内在魔性"的爵士乐在我们面前登台亮相了呢?希望你举个例子。我们便是生活在这样一个时代,喜欢也罢不喜欢也罢。尽管这样,我们——至少我——还是具有继续听爵士乐的意愿。我以为,我们已经到了这样一个阶段:谈论爵士乐这一音乐的时候,较之议论所选内容的是非,更应该议论所选内容提示方式的是非。不是吗?

不管怎样,我喜欢沃尔顿知性、正派而又如钢刃一般锋利的独特指法,喜爱此人不时从内心深处缫出的执拗而又 Ominous(不吉祥)的音色(在我听来,那是内在魔性诚实的余韵)。具有自然而强韧文体的诚实的 minor poet——这是之于我的塞达·沃尔顿这位钢琴手始终一贯的姿态。大概是他的这一姿态把我一直吸引到现在,尽管是全然不动声色的吸引。

Ceder！（Prestige　PR7519）

## 布莱恩·威尔逊

### ——南加利福尼亚神话的丧失与再生

Sunflower(Brother/Reprise RS6382)

## Brian Wilson(1942—　　)

生于加利福尼亚州。一九六一年在潘德顿家族(Pendeltones)和卡尔与热衷者(Carl and the Passions)两支乐队演奏。二者发展成为"沙滩男孩"(The Beach Boys),同年推出第一张唱片。六十年代成为"冲浪(Surfing)/飞车(Hot Rod)"音乐浪潮的始作俑者。其后经过漫长的低迷期,一九九八年以《想象力》(Imagination)东山再起。二〇〇四年推出魔幻专辑《微笑》(Smile),成为一时话题。

生龙活虎的小四弦琴(ukulele)演奏家杰克·岛袋(Jake Shimabukuro)的预热演奏结束后,我蓦然抬头望天,色调总好像有些滞重的夜色将日暮时分淡淡的蓝色推向山际。看不见星星。舞台上,身穿工装衬衫的男子正在配置乐器,检查PA[①]装置。及至布莱恩·威尔逊即将开始演奏时,雨点从空中落了下来。薄雾一般的细雨。人们扬起脸,凝目细看在照明中穿过的无数细细的雨线,细得勉强可以认出是雨。因是威基基的小雨,应该不会持续很久。人们不以为意,估计速战速决(在威基基碰上长雨就好像碰上肥胖的冲浪手,都十分罕见)。出乎意料,雨线开始一点点增强。这是二〇〇二年十二月六日发生在卡皮欧拉尼(Kapiolani)公园野外音乐会

① PA:Public Address 之略,音乐厅使用的场内扩音装置。

场——“威基基露天音乐厅”的一件事。

我手里拿的白色塑料杯中也有雨静静落入,和里面的啤酒混在一起。雨渐渐淋湿T恤,淋湿头上戴的棒球帽,淋湿草坪。不是我引以为自豪,我的确没准备雨具,完全没有。也就在二十分钟前,还是心旷神怡的南国日暮时分,天空一丝乌云也见不到。这地方天气转眼就变。不过也好,我想,雨也罢风也罢,都是我们同时存在于地球的自然证据。它们倏忽而至,迟早撤离。我们只能照单接受它们。布莱恩的音乐也是同样。他的音乐与听的我们(至少我)由某种纽带连在一起,纽带总是通过特定的时间和空间。那里当然有雨,当然有风。

在“威基基露天音乐厅”举行的布莱恩·威尔逊野外音乐会是火奴鲁鲁[①]马拉松赛的一项赛前活动。大凡参加比赛的选手,只要交十五美元,任何人都可以进场。饭菜随便吃,啤酒随便喝,又能听到布莱恩·威尔逊的全程演唱会,而这才十五美元。没有人不去。说实话,我几乎是仅以听这场音乐

---

① 火奴鲁鲁:Honolulu,又译檀香山。

会为目的参加此次火奴鲁鲁马拉松的。转年四月预定参加波士顿马拉松，距其几个月前跑火奴鲁鲁很难说是明智之举（我通常的做法是每个季度参加一次全程马拉松），况且准备也不充分。问题是情况不允许我强调正论。我当即报名参加火奴鲁鲁马拉松，把布莱恩·威尔逊演唱会入场券搞到手。十二月一到，马上把跑鞋扔进旅行箱，毫不犹豫地从成田机场钻进开往火奴鲁鲁的飞机。

现场听布莱恩的音乐，这次不是第一次。东京听了几次他的音乐会。就曲目而言，那时和这次没多大区别。布莱恩·威尔逊乐队的公演，大体走既定程序。说痛快些，布莱恩不是看重当时当场即兴性的音乐家。无论过去还是现在，他的音乐基本表现在原有构筑的精妙再现之中。因此，期待有什么“例外”出现在舞台上差不多纯属徒劳。尽管如此，在夏威夷夜空下听布莱恩音乐会也是天赐良机。我和众多赛跑选手一起在霏霏细雨下一口口喝着啤酒，静等音乐会开始。

第一次邂逅“沙滩男孩”的音乐，记得是一九六三年的事。那年我十四岁，歌名是《冲浪 USA》（Surfin' USA）。当我第一次听到从桌子上的索尼牌小收音机中流淌出来的这首歌曲时，我百分之百瞠目结舌，恨不能一直听下去。那东西是怎样的形状、具有怎样的感触——那首歌曲把那些无法具体描写的特殊声音若无其事地表达出来，既自然而然，又坚定不移；结构单纯之至，而所含情感又精细之至。吸引我的，想必是这种鲜明的相反性。说得夸张点儿，受到的冲击简直就像后脑勺被柔软的钝器狠狠一击。我想，那伙人为什么对我寻求的东西这么了如指掌呢？“沙滩男孩”，这就是那伙人的名字。并且，从那时开始，“沙滩男孩”就成了我的青春的一个象征性存在。或者成了一个 obsession（挥之不去的观念）。在那以后的一段岁月，我毫无保留地同“沙滩男孩”的音乐生活在一起：《爽爽爽》(Fun Fun Fun)、《我四处游逛》(I Get Around)、《冲浪女郎》(Surfer Girl)……

我当时住在神户附近一个海滨小城，小城很静。每天傍晚我领着狗在附近海边散步。海面没有多大波浪。在濑户内海冲浪，是介于“相当困难”和“不可能”之间的行为。实际目睹冲浪板是在那很久很久以后的事。就是说，我是住在完全同冲浪无缘的地方一个热心的冲浪音乐迷。不过我想，这种地域性障碍恐怕不至于阻碍我对他们音乐的理解。毕竟——后来我才知晓——“沙滩男孩”的主角布莱恩·威尔逊尽管出生在南加利福尼亚,但他害怕下海。至于冲浪那玩意儿,他一次都没有玩过。

毫无疑问,布莱恩·威尔逊是摇滚乐这一音乐领域孕育的一个天才。如同讲故事的高手能够向听的人讲述令人兴奋不已的故事,他可以让我们听到使我们为之兴奋不已的音乐。他具有魔术般的独特本领,我们彻头彻尾迷上他的音乐。是的,就凭这点也绝对是个伟大成就。可是不仅如此,布莱恩还将这种令人兴奋不已的音乐组成时间性系列,一层层叠积起来,从而在我们面前演示出一个更为深邃、更为多元、更为原创性的音乐世界。几十年过后的现在,那已经十分容易理解了。人们重新认识到:是啊,归根结底,他做的就是这样的事!于是我们连同敬畏之念接受了布莱恩是何等天才这一事实。

可是当时不是这样,完全不是。对许多人来说,布莱恩不过是个自作自唱了几首泡泡糖流行歌曲的流行歌星,不过是一次性消耗品那样的存在罢了。借用后来成为乐队一员的布鲁斯·约司顿(Bruce Johnston)的名言,对于大众,“沙滩男孩”不外乎“冲浪的多丽丝·黛(Doris Day)”。那样的大众不愿意接受这样的事实,那就是:布莱恩作为音乐家已经成熟,他的音乐稀释了表层流行性,而增加了精神深度。他们无视和抹杀布莱恩推出的新音乐,有时甚至为之气恼。

如今回头看来,“沙滩男孩”唱的都是绝对纯真的歌曲,关于阳光和巨浪,关于金发美女和高级赛车。不难得知,作为南加利福尼亚神话的象征而风靡一世的,仅仅是他们漫长人生旅途中的最初几年。《宠物之声》(Pet Sounds)以后的“沙滩男孩”始终追求的是以更为普世性元素为主题的、不妨称之为“美式本土前卫摇滚”(American Homemade Progressive Rock)的独特音乐风格。但是,布莱恩的这种努力、他的音乐理念明显超越了时代。“天真的冲浪音乐乐队”这一烙印伴随了他们一生。而且,人们的不理解深深伤害了布莱恩的心,促使他为了逃避现实而服用毒品,损毁了他人性中的许多美好部分。

布莱恩是孤独的。他脑袋里总是装满应该表露的音乐构想和乐声。那是从他这一存在的中枢自然漫溢出来的。在这个意义上,布莱恩是如同舒伯特那样的本色型音乐家、本能地追求美和重视直觉强于重视思维的音乐家。并且,和舒伯特一样,也是从实务角度控制自己才华的不得志型音乐家。易受伤害,心不设防。由此之故,他不得不彷徨于自信与失望之间、前进和自毁之间、秩序与混沌之间。

"布莱恩是十分敏感的人,"他弟弟卡尔说道,"艰难地活在极其微妙的平衡上面。无论怎么看,那样的人都不该大喝什么 LSD①。"

一九七一年推出的专辑唱片《冲向浪尖》(Surf's Up)收录了黯然神伤而又优美无比的歌曲《直到我凋零》(Till I Die),他在那里边赤裸裸唱出自己的心境:

我是浮在大海的软木塞
惊涛骇浪把我卷走
我是狂风中的一片树叶
即将被吹去海角天涯

① LSD:Lysergic acid diethylamide 之略,一种致幻剂。

布莱恩争取父亲的理解和认可,但身为不成功的作曲家的父亲出于他本人也未能认知的嫉妒和愤怒,毫不留情地伤害和谩骂有才华的儿子,把儿子引往错误方向,每每使其心灰意冷。抑或,即使那样做是出于善意,那也是由错误的善意导致的错误行为。担任经纪人的父亲一九六九年在根本不同作为作者的儿子商量的情况下将布莱恩迄今创作的所有歌曲以两捆三文的低价擅自卖掉了版权。他说:"你作的曲几乎没有什么价值,现在卖正是时候!"布莱恩深受打击,从此一蹶不振。

包括两个弟弟和一个堂兄在内的乐队成员,围绕乐队的主导权一再内讧。身为二把手的迈克·洛夫(Mike Love)将布莱恩呕心沥血之作《宠物之声》斥为"给狗听的音乐"。唱片公司高层对音乐性不感兴趣,一味追求销量。他们以合同为杀手锏,企图榨干乐队最后一滴血。许多唯利是图莫名其妙的家伙如聚在马身上的一群苍蝇围着这支乐队。周围充斥出卖与谎言。到了六十年代后半期,越南战争日趋"泥沼化",反叛文化乘势兴起,其第一线的演奏家们攻击"沙滩男孩”是落伍的典型。吉米·亨德里克斯(Jimi Hendrix)大声宣布:“再没有人听什么沙滩男孩了!”不用说,这样的嘲笑伤害了布莱恩。他和 J. D. 塞林格(J. D. Salinger)一样,一步步退向自己一个人的孤高世界。

一九六六年初次听得《宠物之声》时,我当然没认为是“给狗听的音乐”。那是一张局部精彩、率直、优美的专辑,其中收有几首我心爱的歌曲。但是,我大约同当时的大多数人一样,对于其整体却未能充分理解和接受。坦率地说,那是超越我当时理解水平的音乐。我一边听那张专辑一边想:不坏,全然不坏。问题是,那般欢快、流畅、令人心旌摇颤(Swingy)的沙滩男孩跑到哪里去了呢?那时我怀有的心情多少近似“被出卖”那样一种感觉。而且,那也或多或少是一般“粉丝”所产生的心情。

几乎同时期出现的甲壳虫(The Beatles)的《佩珀中士的孤独之心俱乐部乐队》(Sgt. Pepper's Lonely Hearts Club Band)虽然也同样具有深刻的内涵和改变摇滚乐历史的能量,但没有出卖任何人。甲壳虫尽管本来就是“叛逆的劳工阶层年轻人”和人气偶像,可他们不是“来自利物浦的多丽丝·黛”。因此,人们在某种程度上顺理成章地接受了他们的戏剧性蜕变。而且,即使从音乐角度看,《佩珀中士的孤独之心俱乐部乐队》也包含着一眼即可认同的普遍性世界观。那有赖于约翰·列侬(John Lennon)和保罗·麦卡特尼(Paul McCartney)两人出色的才华。他们联手互相提升、互相牵制、互相予以“客体化”——强势成果一个接一个从中产生出来。而相比之下,布莱恩是乐队几乎惟一的大脑和发电机。他孤苦伶仃,求告无门,必须独自发掘自己的内心世界。因此,活动不能不是个人性质的、愈发令人费解的、有时是多少有别于周围世界和时间性的。

对我来说,不,对其他人恐怕也是这样,《宠物之声》是比《佩珀中士的孤独之心俱乐部乐队》远为费解的音乐。《佩珀中士的孤独之心俱乐部乐队》这张专辑唱片的价值和革新性理解起来是比较容易的。而要理解《宠物之声》是具有何等出类拔萃、何等奇迹般深度且何等革新性的音乐,就必须等待时间性的调整。具体说来,需要花费十年、二十年左右的漫长岁月。我(以至世界)终于开始理解那张唱片的真谛之时,布莱恩已经因为经常吸毒和精神疲劳陷入形同退休的状态了。

他已不再露面，也不再唱歌了。

关于专辑唱片《宠物之声》，谈的已经不少了。所以，这里想谈一下较少有机会提起的两张"沙滩男孩"的专辑。一张是一九七〇年八月印行的《向日葵》(Sunflower)，一张是翌年面世的《冲向浪尖》。

一九六八年，由"沙滩男孩"主宰的兄弟(Brother)唱片公司同问题多多的开比特(Capitol)唱片公司解除合同，而同华纳兄弟唱片旗下的再现(Reprise)唱片签下新的合同。"再现"是比较新的品牌，在那里应该可以断然尝试更新的革新。六十年代后半期开比特推出的一系列唱片，尽管有一部分在音乐业界获得高度评价，可是并未因此畅销。任何人都看得一清二楚："沙滩男孩"的人气也开始出现了少许阴影。因此，这时改换门庭，应是重振雄风的良机。

布莱恩的健康状况不够理想，体重持续增加而不知其所止，LSD 的长期服用致使其行为明显怪异。尽管如此，乐队整体上的音乐士气意外高昂。虽然不能再像往日那样在流行歌曲排行榜上绝尘而去，但作为巡回演唱乐队得到的评价反而更高了。那里仿佛出现了更上层楼和更加成熟的可能性。乐队在维持不妨称为trademark(品牌特色)的同时,积极引进六十年代后半期的反叛文化要素,尽力打造新的"沙滩男孩"形象。他们的目标是同时保持时尚而知性的音乐性与大众性人气。布莱恩尽管不如以前精力旺盛了,但仍能创作富有感染力的高品质歌曲。乐队的其他成员也都带来了自己的作品。布莱恩作为领导者和作为歌曲作者的才能的相对下降,给乐队带来一种真空状态,同时为其他成员提供了施展身手的空间。这样的状况刺激了他的欲望。在这个意义上,乐队莫如说处于健全的、民主的态势。这是因为,大家有了努力拼搏的心情:不是依靠布莱恩一个人,而是各自追求新的可能性。

除布莱恩以外的成员提供的曲目,现在重新听来,成了"饶有兴味"的音乐。布莱恩的威尔逊兄弟、尤其老二丹尼斯·威尔逊(Dennis Wilson)作为歌曲作者的潜能足以引起我们的注意。他创作的音乐洋溢着布莱恩音乐所没有的狂纵的肾上腺素气味,在许多地方加强了专辑唱片的张力。不过整体看来,其他成员提供的歌曲在质量上未能超过布莱恩的音乐。明确说来,还差一个档次。布莱恩是不折不扣的天才,而其他人——遗憾的是——不然。无论从哪个角度看，布莱恩才是“沙滩男孩”这一体制无可撼动的核心。假如没有他这一存在，“沙滩男孩”充其量只是个二流半乐队。这是再清楚不过的事实。

不过，当其他成员提供的若干歌曲如卫星一般装点在布莱恩所作歌曲四周的的时候，那里奇异地形成了硕果累累、饶有兴味和浑融一体的音乐世界。“沙滩男孩”这一集合性生命体所具有的温柔、脆弱、矛盾、希望、迷惘等形形色色的东西作为一个不可分离的景观在我们眼前浮现出来。那里有一种同布莱恩挑大梁的乐队黄金时代有所不合的“共有感”——类似“共有感”的东西。甚至浮荡着面临自我解体深渊之人自暴自弃的激进气息。专辑《向日葵》和《冲向浪尖》的吸引力无疑就在这里。说法或许奇妙，仔细倾听布莱恩创作力相对低下时期产生的这些唱片，可以使我们再次清楚认识到布莱恩·威尔逊的音乐是何等浩瀚和深邃！

如果布莱恩在这一时期从终日吸毒的生活中回归现实世界，或至少成功地将逃避现实倾向控制在那一阶段，那么“沙滩男孩”很可能置身于更为强大的音乐舞台，布莱恩很可能在有效吸纳周围能量的同时以《冲向浪尖》这两张专辑为基础获取更有意义的进展。然而,所有的假定都终归是假定。并且,随着布莱恩创作热情的每况愈下,乐队逐渐失去了那种音乐前卫性和凝聚力。

说实话,在这张唱片问世的时候,我已经对"沙滩男孩"彻底失去了兴趣。甚至没把他们的新唱片拿在手中。我正在听"大门"(The Doors),听吉米·亨德里克斯,听克劳斯比、史提尔斯与纳什(Crosby, Stills & Nash),听"奶油"(Cream)。人们把目光热切地投向伍德斯托克音乐会(Woodstock)。我想,在某种意义上,那是奈何不得的事。不过,及至现在,我为自己那样抛弃了(或者彻底忘记了)"沙滩男孩"的音乐感到遗憾。他们当时是在他们本身的清寂场所继续殊死地创作相当优质的音乐。假如我那样期望,我是能够和他们度过同一时代的。然而我没有那样做。我第一次听得《向日葵》和《冲向浪尖》,是在那很久以后。并这样想道:这么好的音乐为什么这以前一直错过了呢?

专辑《向日葵》里面收有几首印象深刻的优美歌曲。例如布莱恩至今仍在音乐会上积极主动唱起的《这整个世界》(This Whole World)和《为你的一天添加音乐》(Add Some Music to Your Day)——这两首由布莱恩演唱的歌曲完全可以称为名曲。丹尼斯的《滑过》(Slip on Through)简洁而魅力四射,布鲁斯·约司顿的《狄德丽》(Deirdre)也是旋律优美的佳曲。布莱恩与麦克携手创作的温情恋歌《一切我想做的》(All I Wanna Do)、专辑最后收录的不管怎么说都是非布莱恩莫属的荡气回肠悠扬悦耳的《凉,凉水》(Cool,Cool Water,布莱恩后来说,这是在真正意义上接受天启创作的歌曲)——这些音乐至今听来仍清新感人。而作为整张唱片,如片名所示,充满平和而恬适的心情。英国盛赞这张唱片是之于"沙滩男孩"版的《佩珀中士的孤独之心俱乐部乐队》。

但在美国不同。好得令人瞠目的《向日葵》只在告示牌(Billboard)唱片畅销榜上停留了四个星期,最好的位次第一百五十一名,在"沙滩男孩"的历史上留下前所未有的惨败记录。说被抹杀了也未尝不可。遗憾的是,他们设定的音乐时区,较那个时代一般听众所置身的时区有相当远的距离,而这和音乐优劣并无关系。至少在美国市场上,这两条路从未交义。因为对自己创作的音乐怀有自信，无论布莱恩还是乐队成员都不能不对专辑唱片的商业挫折深感失望。

但他们再次竭尽全力尝试更大的挑战，其结果就是《冲向浪尖》。这张专辑录音时，布莱恩的创作激情愈发下降。他主导性全面参与的只限于两曲：《直到我凋零》和《一棵树生命进程中的一天》(Day in the Life of a Tree)。专辑同名曲《冲向浪尖》是从无果而终的专辑《微笑》磁带中拿过来的布莱恩的作品，但出于对《微笑》的复杂感情，布莱恩坚决反对。相反，乐队成员们拒绝将歌词内容抑郁的《直到我凋零》收入辑中。不久，双方勉强妥协，结果两曲一起收入专辑。这样，布莱恩同乐队其他成员的紧张关系愈发严重。布莱恩觉得自己被利用和贬低了，其他成员则感到自己被布莱恩抛弃了。

“沙滩男孩”无法忍受唱片公司准备的录音室的低劣档次，于是在位于贝莱尔(Ble - Air)的布莱恩大房子的一楼修建自己的录音室。然而布莱恩在二楼自己的房间里闷头不出，楼也不下。乐队成员们自己练习和录音。布莱恩偶尔穿着浴衣出现在录音室里，观察练习情况，而后基本摸着胡须一声不响地折回二楼。那光景无论如何都奇妙之至。

不过，尽管情况如此不自然和剑拔弩张，尽管内容上有若干瑕疵，尽管整体笼罩在不无昏暗的气氛中，而这张《冲向浪尖》却是意外富于魅力的唱片。A 面第一曲《水边靠近不得》(Don't Go Near the Water) 虽是迈克·洛夫和阿尔·贾丁(Alan Jardine)的共同作品，却十分引人瞩目。虽然布莱恩没有参与，但其中有令人刮目相看的"沙滩男孩"集体性声音。"沙滩男孩"这一顶级音乐系统仍在有效运作。不过歌词黯淡，在某种意义上是象征性的：

不能靠近水边

是多么悲伤的事

水到底发生了什么

我们的水完蛋了

这是抗议水质污染的环保歌曲。但歌词同时也是"沙滩男孩"这支乐队所处窘境悲痛的隐喻。这支一律身穿条纹衬衫、朴实无华地歌唱纯情冲浪音乐的乐队被致命地污染了其"水源"。至于污染的原因是什么，他们还不清楚。

这张专辑收录的布莱恩歌曲，虽然作为数量决不为多，但哪一首都可圈可点。即使焦点不够清晰的《一棵树生命进程中的一天》，也足以是值得听一听的音乐——其中无疑刻录着布莱恩的精神轨迹。而唱片同名曲《冲向浪尖》，那犹如从容器边缘颤颤溢出的柔水一般静谧的美，恐怕是惟独天才方能制作的那一种类。伯恩斯坦(Leonard Bernstein)在电视特别节目中提及此曲，对其精致的音乐性赞不绝口。

关于从过去的"库存"中强行拉出《冲向浪尖》这点，布莱恩对其他成员长期怀有不满，但时至今日，痛苦的心情也已淡薄。"(当时是不愉快)但后来我喜欢上了这首歌。"他说，"只是，就这首歌说来，嗓音多少有点儿弱。我对自己的声音不满意。不过嘛，那里边是有灵魂的。"的确如此。

此外受关注的歌曲有布鲁斯·约司顿提供的《迪士尼女孩(1957年)》(Disney Girls 1957)这是一首带有乡愁意味的甜美的抒情曲，多少偏离了"沙滩男孩"这支乐队的音乐路线，但其中有直接打动人心的东西。布莱恩后来表示："布鲁斯在这首歌中展开的和声与和弦，的确不同凡响。"录制前一张唱片时大显身手的丹尼斯因为受伤了，在这张唱片中有些黯然失色。但在噪音方面，小弟弟卡尔一鼓作气，填补了布莱恩不在的空白。无论在音乐上还是在为人上，卡尔都在敏感的大哥与激进的二哥之间发挥着类似黏合剂那样的沟通作用。

《冲向浪尖》这张专辑在商业上取得了说得过去的成功。在公告牌杂志畅销专辑排行榜上冲到第二十九位，批评家方面也有好评。《滚石杂志》(Rolling Stone)刊出这样的评论："沙滩男孩回来了。近几年时间，无论滚石批评家还是大众都待之以相当冷漠的态度。但《冲向浪尖》的问世使其重振雄风。在这张专辑中，他们创作的合音与前卫性、大众性浑融一体。年轻的卡尔跑在了这支有问题乐队的前面。"

但是好景不长。《冲向浪尖》成了"沙滩男孩"留下的最后"激情之作"。这张专辑问世后，布莱恩的自闭程度进一步加深，他的笔几乎不再产生新曲了。长期移居荷兰制作的下一张专辑《荷兰》，仅象征性地收录了布莱恩的歌曲。尽管有其他成员的拼命努力，但"沙滩男孩"这支乐队所出音乐的潜能的低下已是不争的事实。如此这般，他们迎来了漫长的冬季。

布莱恩在毒品的深雾中继续缓慢地毁坏自己。而另一方面，"沙滩男孩"作为怀旧歌曲巡演乐队取得很高经济效益。

如今，维持传统成了乐队存在的惟一意义。队员之间的失和日趋严重，开始互相起诉。这时间里，丹尼斯因毒品事故溺水而死，争气的卡尔也英年早逝。威尔逊三兄弟中只有布莱恩勉强活了下来。谁都认为“沙滩男孩”气数已尽。

此后，布莱恩颠覆所有人的预料，一举回归乐坛。在两个兄弟去世之间，他戒了毒品，积极进行康复训练，减轻体重，就医，以殊死的努力将自己拉回正轨。即使说他是从死亡深渊回来的也不为过。他再次结婚，重新确立生活。他实质上离开了“沙滩男孩”，创作了几张内容出色的个人专辑，组建自己的乐队开始音乐活动。他的笔下再次接连流淌出了留在人们记忆中的美丽歌声。司各特·菲茨杰拉德(Scott Fitzgerald)曾经写道：“美国不存在第二章。”但是，在布莱恩·威尔逊的人生中，第二章无疑存在。

雨越下越大。我在威基基露天音乐厅一边任雨浇淋，一边倾听布莱恩近年的名曲《爱与悲悯》(Love and Mercy)。仍然觉得胸口发热。他总是在演唱会的最后独自对着键盘满怀深切的悲悯唱这首歌。优美动听！看上去，他仿佛通过唱这首歌安抚死者的魂灵，静静哀悼自身已逝的岁月，仿佛宽恕背叛者，无条件接受所有的命运。愤怒、暴力、破坏、绝望——他正在将一切负面情绪拼命推向哪里。那种痛切的心绪径直抵达我们的心。布莱恩身体的动作总好像某处不够自然，在舞台上他几乎一直坐在椅子上。长期荒唐颓废的生活显然损毁了他身上的什么。歌声也不再有年轻时甜美的张力。许多宝贵的东西失去了。尽管如此，布莱恩的歌声仍切切实实打动听众的心。那里有惟独人生“第二章”才具有的深刻说服力。

一九六三年第一次听得《冲向浪尖》以来，已经过去了许多岁月。无论对布莱恩还是对我，那都是分量重的岁月，是超出所有预想的那一类岁月。我们暂且置身于此，在威基基夜晚无可奈何的雨中共同拥有那一空间和时间。不管谁怎么说，我都觉得这是美妙的事情。至少我们还在延续生命，还在将若干可以镇魂的东西揽入怀中。

Surf's Up（Brother RS6455）

# 舒伯特："D 大调第十七钢琴奏鸣曲"(D850)

## ——柔软混沌的当下性

Paul Badura—Skoda,
Schubert; Les Sonates Poar le Pianoforte
(Arcana A15)

## Franz Schubert(1797—1828)

生于维也纳市郊里希滕塔尔(Lichenthal)。浪漫派音乐的开拓者,德语艺术歌曲的奠基人。自幼崭露才华,得到萨利埃里(Antonio Salieri)的赏识,从其受教。几乎没有固定职业,终生流浪。从交响曲、室内乐、教会音乐到歌剧,留下许多作品后早逝。

弗朗茨·舒伯特究竟胸中隐藏怎样的目的写出那么冗长的钢琴奏鸣曲呢？而且是在努力不大可能得到报偿的情况下，有的作品含义又多少令人费解！他何苦把自己短暂人生的宝贵时间花费在鼓捣麻麻烦烦的东西上面呢？将舒伯特的钢琴奏鸣曲唱片放在唱盘上倾听的时候，我每每陷入沉思。较之那么烦人的东西，谱写简单悦耳的钢琴奏鸣曲——当时也好当今也好——岂不更能受到世人广泛的欢迎？事实上，他写的《音乐瞬间》和《即兴曲》这类钢琴小品集也历经漫长岁月而一直受到人们喜爱。而相比之下，他留下的大半钢琴奏鸣曲都像雨天用的运动鞋一样遭到冷遇。

莫扎特谱写钢琴奏鸣曲的目的比较清楚：为了赚生活费。为喜欢音乐的贵族和贵族子弟创作钢琴奏鸣曲，领取礼金。所以平明易懂（而又确实优美动听且深有内涵）。应约谱写，一挥而就。就贝多芬而言,赚钱的心情当然是有的,但有过之而无不及的作为近代艺术家的雄心壮志也是有的。对于自己新发表的钢琴奏鸣曲将在世间(也就是在懂艺术的资产阶级之间)引起怎样的反响这点,他早已计算妥当。其中总是含有阶级斗争性质的挑衅性。

然而,提起舒伯特的钢琴奏鸣曲,让别人听来长得难以忍受,而在家庭轻松演奏,音乐性又难度太大。因此,很难认为可以作为乐谱销售(实际也未售出),而且缺乏挑拨、唤起人们精神的积极性。至于社会性,几乎等于零。那么,舒伯特到底在头脑中设定怎样的场所、怎样的音乐所在地来写那么多钢琴奏鸣曲的呢?作为我,很长时间里不能完全理解。

不过,一次看舒伯特的传记,谜终于得以解开。其实事情十分简单,原来舒伯特写钢琴奏鸣曲时,脑袋里什么场所也没设定。他单单是"想写那样的东西"。既不是为了钱,又不是为了名誉。而仅仅是把浮上脑海的乐思直接写成乐谱而已。即使大家都对自己写的音乐感到忍无可忍,即使——特别是——其价值得不到承认,即使结果使得生活陷入困境,对于舒伯特,那也是次要问题。他不过是把滞留在他心间的东西以个人汤匙极其自然地舀出来罢了。

他就是这样大写特写自己想写的音乐，写到三十一岁时突然消失似的死了。虽然他决没成为有钱人，没有像贝多芬那样得到世人尊敬，但歌曲毕竟在一定程度上卖出去了，有少数崇拜者围在他的身边，故不至于每天吃饭都成问题。因其英年早逝，所以也就避免落入才华枯竭、乐思穷尽而徒呼无可奈何的窘境。旋律与和声宛如阿尔卑斯山脉融雪小溪一样潺潺涌入他的脑海。以某种观点观之，或许人生并不坏。他只是尽情做自己喜欢的事。“啊太忙了，这个要写那个要写”——一边这样想着，一边魇住似的活着，在浑然不觉当中落下了生命之幕。难过的事当然也是有的，但自己创造什么带来的喜悦本身就是一种回报。

不管怎样，弗朗茨·舒伯特的二十二首钢琴奏鸣曲如此摆在我们面前。生前发表的只是其中三首，其余都是死后发表的。生前发表的也似乎评价不高。即使亲朋好友之间，也曾这样嘟嘟囔囔：“弗朗茨这家伙，歌曲和钢琴小品什么的写得那么好，这钢琴奏鸣曲可是不怎样啊！那家伙的才华到底适合写短的。问题是本人总是想写长东西。有才华，人也好，可这种地方是够伤脑筋的啊!"——虽说这终究不过是我的想象,但大体上是这样的吧?

不管怎么说,我个人是喜欢舒伯特的钢琴奏鸣曲的。近来(尤其近五六年),同贝多芬和莫扎特的相比,听舒伯特的钢琴奏鸣曲要频繁得多。若再次问为什么,三言两语很难回答。说到底,大概是因为舒伯特钢琴奏鸣曲所有的"冗长性、散漫性和烦人性"同我现在的心境一拍即合。那里有贝多芬和莫扎特的钢琴奏鸣曲所不具有的心灵的自由翱翔。当我坐在音箱前闭目倾听,每次我都能朝着那里面的世界自然而又个人地踏进脚去,我能够作为外行人捧起他的声音,随心所欲地从中描绘出之于自己的音乐情境——不妨说,一个圆融无碍的世界就在那里。

贝多芬和莫扎特的钢琴奏鸣曲与此多少有所不同。我们听他们的音乐的时候,那里总是巍然耸立着贝多芬其人和莫扎特其人的形象。在某种意义上那是难以撼动和难以冒犯的。好也罢坏也罢,其地位已然形成。我们基本上只能委身于其音乐的流程,委身于其"造型性"或者类似宇宙观的东西。但是，舒伯特的音乐不是那样。视线低，不说三道四，热情地把我们迎进门去，让我们不计成败得失地沉浸在他的音乐酿出的令人舒心惬意的芬芳溶液（ether）之中。其中含有的，是一种可以说是中毒性质的特殊感觉。

我所以喜欢上这一类型的音乐，一是有时代原因，二是有年龄上的原因。说起时代原因，我们似乎在所有艺术领域表现出越来越追求“柔软混沌”的倾向。贝多芬的近代构筑性生活（构筑性质的近代性）和莫扎特完结性质的天上性（天上性质的完结性），有时让我们——尽管我们无条件承认其完美无比——感到透不过气来。说起年龄原因，我们可能在所有艺术领域表现出追求更为“宽松和简洁意义上复杂难解”文本的倾向。至于是哪一个理由更加把我吸引到舒伯特奏鸣曲世界的，很难准确判断。但不管怎样，舒伯特的钢琴奏鸣曲在这个世界上存在二十二首之多这一事实，对于近来的我来说是一个实实在在的欣喜。

舒伯特诸多钢琴奏鸣曲之中，我个人长期喜爱的作品是“D 大调第十七钢琴奏鸣曲（D850）”。非我刻意炫耀，这首奏鸣曲特别长,相当单调,形式上也不紧凑,几乎找不到技术性可听之处。甚至可以发现几个结构性缺陷。说痛快些,对于钢琴手来说是一种令其生厌的劳什子。漫长时间里,几乎没有哪位演奏家把它纳入演奏曲目之中。故而,世上没有接连出现被誉为“这是名奏决定版”那样的演奏。就此曲向几位熟悉古典音乐的熟人征求意见,多数人都皱起眉头沉默良久,“为什么特意听 D 大调呢? a 小调、A 大调、降 B 大调……此外不知有多少名曲,何苦听那个?”

不错,舒伯特此外有好几首优秀的钢琴奏鸣曲,这也是客观事实。日前读吉田秀和氏的著作,碰巧发现他有一段关于奏鸣曲的意味深长的言说,是作为对内田光子的此曲录音的评论写下的。容我引用一下。

> “这两曲中,a 小调奏鸣曲我很早以前就作为有亲切感的音乐喜欢来着。而 D 大调却听不来。从第一乐章开始,尽管起步气势磅礴,但总有什么零乱不堪,不易把握。有趣的乐思纷纭涌现,却你来我往,眼花缭乱,不由得令人发问最后想去哪里。同 a 小调相比也许不合适,

但a小调奏鸣曲的确浑融无间。舒伯特这首能写得如此简洁,而D大调为什么那么长呢?让人有恨铁不成钢之感。说是舒伯特的一种病未免不妥,但D大调奏鸣曲实在太拖沓了。”

(《本日一枚》新潮社2001年)

对吉田秀和氏这么说我多少有些诚惶诚恐,但还是不由得点头称是:“言之有理啊,你的心情我非常理解。”不过还有下文。

“由于这个缘故,我对这首奏鸣曲敬而远之,从不特意寻求听的机会。即使现在有了CD重新听的时候,我也还是从a小调开始,听完就算了,不听D大调。

但是,此刻我一咬牙听了一遍。这才意识到这是一首心中喷涌而出的‘精神力量’直接化为音乐的乐曲,简直令人震惊。(下略)”

读到这里,作为我更加点头称是。由心中喷涌而出的

“精神力量”直接化为音乐的乐曲——千真万确！这首D大调的确不是一般含义上的名曲。结构随心所欲，整体旨趣不够清晰，杂乱无章，长而又长。然而，其中具有足以弥补——绰绰有余——那种瑕疵的深奥精神直率的喷发。对那种喷发就连作者也驾驭不了，任其像管道漏水一样四处随意涌出，彻底冲毁奏鸣曲这一系统的整合性。不过反过来说，我觉得D大调奏鸣曲由于这种不由分说的毁坏方式而获得了“连续敲打世界内幕”那样独特的普遍性。归根结蒂，这部作品以最纯粹的形式浓缩了——或者说得准确一些，扩散了——我们被舒伯特的钢琴奏鸣曲吸引的理由。我是有这样的感觉。

我为这首奏鸣曲所吸引，差不多是二十五年前的事了。逛旧唱片店的时候，发现了一张由尤金·易斯特敏（Eugene Istomin）演奏这首曲子的唱片。那么听一下好了——便是以这种轻松的心情买了下来。是由哥伦比亚唱片大师作品（Columbia Masterworks）印行的进口唱片（MS7443）。录音年代不清楚，估计是六十年代中后期录制的。

自那以来我不知听了多少遍。我喜欢上D大调奏鸣曲，追根溯源，也是因为碰上这张唱片的缘故。易斯特敏的演奏——一如大部分易斯特敏的演奏——几乎没有哗众取宠之处。说中庸也好,反正他身体略微后撤,而将毫不扭曲的音乐世界原封不动凸显出来,便是这一类型的演奏。但这种演奏方式竟同此曲一拍即合,不可思议。正统固然正统,但并非教科书式的,其中有一种情真意切的平和。反复听这张唱片时间里,我彻底迷上了 D 大调奏鸣曲。至今仍时不时听易斯特敏的演奏,每次听都心悦诚服:好一个态度端正的演奏啊! 在舒伯特的钢琴奏鸣曲未得到正当评价的这一时期能有如此严谨通透的演奏,我认为十分难得。假如碰上其他钢琴手演奏的这首乐曲,恐怕不至于如此对其一往情深。不过,易斯特敏的演奏在世间好像没得到多高评价,那以后再没在唱片店找到过,以 CD 再版的事也没听说。差不多磨光了,如果可能,想买一张替换……。(注:二〇〇六年以 CD 再次印行)

我开始听 D 大调奏鸣曲时,收录此曲的唱片数量相当有限。记得当时的唱片目录上仅有区区几张。但随着时代的推移,演奏此曲的钢琴手渐渐多了起来。最近忽然想起,数了数我家唱片架上的 D 大调奏鸣曲,竟有十五种之多! 初步列了个表。未标明 LP 的均为 CD。

1. 阿什肯纳齐(Vladimir Ashkenazy, London / DECCA LP)

2. 布伦德尔(Alfred Brendel, Phillips LP)

3. 施纳贝尔(Artur Schnabel, EMI LP)

4. 李希特(Sviatoslav Richter, Monitor LP)

5. 易斯特敏(Eugene Istomin, Columbia LP)

6. 海布勒(Ingrid Haebler, Columbia LP)

7. 内田光子(Phillips)

8. 巴杜拉-斯科达(Paul Badura-Skoda, Arcana)

9. 席夫(Andras Schiff, London/DECCA)

10. 肯普夫(Wilhelm Kempff, Deutsche Grammophone)

11. 柯尔荣(Clifford Curzon, London/DECCA)

12. 达尔贝托(Michel Dalberto, Erato)

13. 吉列尔斯(Emil Gilels, RCA)

14. 安斯涅斯(Leif Ove Andsnes, EMI)

15. 克林(Walter Klien, Vox)

录音时期大致区分如下：

① 初期　除了少部分,舒伯特钢琴奏鸣曲的录制尚未普及。一九七〇年以前的。

② 中期　舒伯特的钢琴奏鸣曲得到重新评价以后的。一九七〇年至一九九〇录制的。

③ 现代　声望重新确立,年轻钢琴手将舒伯特的钢琴奏鸣曲积极纳入演奏曲目以后的。一九九〇年以来的录音。

施纳贝尔、肯普夫、易斯特敏、柯尔荣、李希特、吉列尔斯、海布勒等人属于①初期,布伦德尔、阿什肯纳齐、克林属②中期,其余属于③现代。

这次写稿时,将这些演奏认认真真(不限时间)重新听了一遍,粗略写了下面一些感想。

从现代演奏的角度看来,挪威的新锐钢琴手安斯涅斯的演奏不管怎么说都很精彩。想以新的高质量录音听 D 大调奏鸣曲的人,不用迟疑,选这张 CD 最好。安斯涅斯几年前来日本时我去现场听了,记得心存敬意。而在这张 CD 中(2002年录音),他的演奏进一步增加了音乐深度。称之为"舒伯特味"或许多少有些勉强,但分明是正统而直率的演奏。虽说并非因为他是挪威人，但从第一章到第二章，简直就像听希腊音乐一样让人产生一种健康的“呛感”。将深山老林里的空气吸入胸中时那清新洁净的植物性芳香直灌脚底。朝气蓬勃、英姿飒爽、出类拔萃、多愁善感，而又将大时代要素小心翼翼析离出去。流势尤其出色。虽然作为整体的音乐性格局宏大，但门面毫不张扬。这方面的设定不能不让人感觉出这位钢琴手的聪明。

这首奏鸣曲，强奏(forte)同弱奏特别难以区分。若按乐谱指示弹奏，往往变得相当夸张而嘈杂，但此人把握的强弱平衡堪称绝妙。强者尤其出色。掷地有声，干脆利落，那悠扬的音乐被轻轻吸入青春时代那跳跃般的、梦幻般的炽热情思之中。喜好当然因人而异，而作为我，对于演奏基干中那洗炼坦诚的世界观和面无惧色提示的年轻志向那样的东西，我是给予高度评价的。

同安斯涅斯完美的演奏效果相比，其他钢琴手的演奏各有千秋，瑕瑜互见。席夫的演奏风格大体接近安斯涅斯。之于现代钢琴手的舒伯特音乐形象或许正在成为一种定型。说反贝多芬式也好什么也好，总之在结构性阙如中可以发现追求悖论式结构性即所谓后现代式浪漫主义的倾向。那种浪漫主义决不是流于情感的浪漫主义。乐谱被严密查证，情感被控制，力度被重新洗涤，一切都要穿过内省这层过滤网。也就是说，那是一度被解体、重洗、再建的浪漫主义。那是为了迎合早已无法扩大精神格局的现代人灵魂的新的积极浪漫主义。这种"解构性浪漫主义"已经成为一个潮流。例如，可以推测如果由佩莱希亚（Murray Perahia）演奏此曲（现阶段还没有录音），恐怕就要融入这样的潮流中。

席夫的演奏也是节制的，能给人以好感的演奏。有效吸入外面的空气，巧妙回避密室性独尊。所以，这种浪漫主义决不招致窒息感。始终轻柔娴静，平衡感恰到好处。不过坦率说来，和安斯涅斯不同，此人的演奏很少有"想诉说的事"。他太模范青年了，太优等生了。音乐形式诚然完美无缺，但因过于完美了，总好像有人工意味。一听觉得不错，但反复听几次之后，细部的人工性就渐渐映入眼帘。因而我不推崇席夫的演奏。

内田光子进行的演奏和前两人截然不同。或者不如说，她的舒伯特和其他任何人演奏的舒伯特都不一样。其解释极为细腻、理智、冷峻,极有说服力,自成一体。在这个意义上,她的演奏如同无论切哪里都是金太郎糖[①]的糖块,内田光子其人直接跃然其上。我认为,作为演奏家这是基本正确的姿态。因此说到底,是否选取她的演奏,百分之百属于个人喜好问题。若说我个人的喜好,我最终不会选取内田光子的D大调演奏。

不选取她的演奏的理由有几个。其一是她采用的发音(articulation)听起来约略有些做作。尽管感觉到的错位微乎其微,但其乖离感在听的过程中以"积沙成丘"之感逐渐膨胀。若以小说打比方,那么就接近中意不中意那个作家文体的感觉。其二,她对演奏框架的设定方式,同乐曲本身相比,似乎有点儿过大。有一种音乐生活圈被强行扩大那样的氛围。她的这首D大调奏鸣曲的演奏是一再打磨深思熟虑的结果,音乐品质高,构筑坚定,音乐表情也完全具备。但另一方面,人的体温却好像感受不到。至少我有这个感觉。

① 金太郎糖:一种棒棒糖。无论从哪里切开,剖面都有金太郎(日本传说中的红脸怪童)面部出现。

当然,我笔下的这些批判,反过来,也可直接作为夸奖来看。所以,即使有人主张内田的 D 大调演奏异彩纷呈,我也全然无意与之争论。恕我重复,她的这一演奏属于“取或不取”的问题,二者必居其一。

现代演奏中,另一个引人入胜的演奏是使用历史乐器的巴杜拉-斯科达版本。录音之际,他使用的是一八二四年(即与此曲的创作同一时代)实际使用的康拉德·格拉夫制作的槌式翼琴(Hammerflugel Conrad Graf)。这件乐器的声音极富魅力,听得人点头称是:是的,舒伯特就是在脑海中勾勒着这样的声音谱写钢琴奏鸣曲来着! 尽管不至于说是恍然大悟,但眼前似乎出现一个新世界那样的实感是有的。因为强音与弱音之间的音量差幅窄,加之不像现代乐器那样强调力度,堪可慢慢欣赏。这可是个小小的发现。不过,由于乐器本身反应慢,遇到快速乐句(Passage),声音就略有纠结。声音的流程受挫断裂,结果成了笨拙的演奏——听起来有的地方给人以这样的感觉。演奏本身虽然感觉不到特别值得一提的深度,但声音本身舒服,总之让人心怀释然。不妨说,这方面同内田光子的演奏恰成强烈对比。

中期的演奏之中,克林的比较突出。克林是维也纳培育的钢琴手。平日的演奏总的说来较为稳定和质朴,而一旦乐曲正中下怀,便能创造出令人屏息敛气的音乐世界。听他很久以前来日本时演奏的莫扎特钢琴协奏曲的录音磁带,曾为其精彩表现惊叹不已。或许可以用"维也纳风味"加以概括,这次舒伯特 D 大调的演奏也精彩之至——没有称雄之气,因势利导,浑然天就。感觉上就好像他把舒伯特满满吸入胸怀,而后完整地轻轻吐出,于是有了这样的音乐。

唱片是一九七一年至一九七三年录制的。但我从未见过有谁提起或称赞克林这场演奏。或者我看漏了也未可知。想必到底是克林这位钢琴手的质朴和低调不幸造成的。最近有廉价 CD 版上市了,哪位有兴趣务请一听。说大家风格也罢什么也罢,反正,哪怕随便听听,也会不知不觉之间为其吸引,忘乎所以。即使大部分钢琴手剑拔弩张的第一章,他也负重若轻,一泻而下。第二章舒服得就像有人悄悄甜言蜜语。第三章则判然有别,轻歌曼舞,左手动作轻盈而富于魅力。而第四章从一开始就有一股空气扑面而来:"这才是维也纳!"原本听起来应该老掉牙的主题竟全然不老，声音的回响也清爽宜人。而且，四个乐章的连接没有任何不自然之处。

相反，布伦德尔和阿什肯纳齐则是乐章间连接差的典型例子。音乐指南上有不少将此二人的演奏列为 D 大调名奏，可他们的演奏到底好在哪里呢？老实说，我不明白。说不定，世间有许多古典音乐迷因为听这两人有定评的钢琴演奏才开始对 D 大调奏鸣曲敬而远之的——我可是差不多有这样的感觉。恕我重复，这两人演奏的最大缺陷，是乐章与乐章之间的连接之差。每个乐章的演奏虽然有其可圈可点之处，但一以贯之的流程未能得到充分把握，作为总体的音乐世界没有完全确立起来。理所当然，听起来又臭又长，令人厌倦。阿什肯纳齐演奏的第一章尤其虚张声势，内容空洞粗疏。在缓慢的第二章约略回到正轨。而在第三章再次失去了方向性，一味躁动不安。总之不像此人的演奏，不像得不可思议。至于布伦德尔，他一如既往以知性取胜，音乐文脉没有说服力。四个乐章整个听完，最后剩下来的是优雅而知性的无聊。D 大调根深蒂固的矛盾性、自我解体性、“背水一战”式的肾上腺素的迸射——莫非这两位正统钢琴手未能将这些融会贯通不成？我总觉得，好也罢坏也罢，这样的特质恐怕是未能完全纳入其音乐世界那一种类的东西。

关于初期演奏，从结论上说，我最为心驰神往的是英国钢琴手克里福德·柯尔荣的演奏。准确利落的指法，水到渠成的简洁的幽默，仿佛穿了很久的高档粗布呢上衣的舒服感，柔软的间歇处理方式，特别是舒缓乐章中无比娴静柔和的音乐潮水的漫溢方式——无一不是一级品。每一个声音都有语言，每一个乐章都有故事。而那些故事集合起来，顺理成章地缓缓形成一个综合性世界。

以我个人而言，虽说格局比柯尔荣的演奏小些，但如我开头说的那样，我还是喜欢易斯特敏的演奏。尽管缺乏明了的个人主张，而焦点始终自然聚敛，从未迷失。并且，D 大调奏鸣曲固有的灵魂在那里得到充分表达。

施纳贝尔的毕竟是战前的录音，大白天与之正面相对，让人产生大时代之感的不是没有，但到了关键时刻，说话艺术到底炉火纯青，有一种名人表演的古典相声之趣。及至夜深人静，独自斜举着麦芽威士忌酒杯听起来，其温煦便一点点沁入体内。举例说，安斯涅斯的演奏则未必适合威士忌。

肯普夫的演奏风平浪静，一气呵成，可以让人产生好感，可是，仿佛被一层薄布包着的感觉总是挥之不去，说“温吞”也罢什么也罢，总之听完好像自己被音乐的硬芯隔离开来似的。肯普夫很早就完成了舒伯特钢琴奏鸣曲全集，是对其得到重新评价有贡献的人。不过，这首 D 大调奏鸣曲在全集中似乎并不理想。

海布勒版本实在够品位，有实实在在的临场感，仿佛飘浮着沙龙或午后红茶的香气。在这个意义上，那是自成一格的出色演奏。只是，听过几次之后，掌控火候的生涩味儿便多少扑鼻而来，让人觉得老套。也罢，这属于个人好恶问题。

伤脑筋的是李希特和吉列尔斯的演奏。到了这个程度，就不是可以用“个人好恶问题”所能了结的了。实不相瞒，我不大清楚他俩的意图，不清楚这两个前苏联演奏家为什么四十多年前就非挑这首冷门的舒伯特奏鸣曲演奏不可。反正其演奏相当另类。两人的共同之处，是以坚韧不拔的指法“乒乒乓乓”敲键不止。声音极其清楚正确，舒伯特式暧昧性被辩证法式地彻底扫地出门。特别是李希特所弹第一乐章的速度，简直狂飙突起，就好像把汽车油门一踩到底。不过，李希特演奏的第二章让我最为佩服，他在那里构筑了一个静谧的世界，有一种仿佛小动物在密林深处屏住呼吸的奇异的紧张感。他不屈不挠、不挠不屈地忍受其音乐。这成为一条伏线，乐章高潮中连续出现的强音符号得以具有血肉充盈的说服力。从中可以窥见李希特这位钢琴手的恢宏气度。不仅仅“乒乒乓乓”狠命敲键不止。

吉列尔斯的演奏更为直率。其中有一种目睹体操金牌争夺战那样的畅快淋漓，不由得赞叹着听到最后，为其展开的主战坦克般的绝妙钢琴艺术所陶醉不已。不过，舒伯特 D 大调奏鸣曲原本拥有的世界姿态已荡然无存，有的只是舒伯特在墓碑下翻身的动静。

一般说来，这两人的演奏在当下之时不听好像也可以。说有趣固然有趣得一塌糊涂，但反复听的时间里，就会看出那场演奏并非以“有趣”为目的，而分明在一丝不苟地、绝非笑谈地追求一种东西，因而像朝鲜的“大型音乐舞蹈史诗”一样让人多少产生无端恐惧之感。或许，时至今日，将这一类型的演奏悄然塞进抽屉还是明智的。

我想,听古典音乐的喜悦之一,恐怕在于拥有几首之于自己的若干名曲,拥有几位之于自己的名演奏家。在某种情况下,那未必同世人的评价相符。但通过拥有那种“之于自己的抽屉”,那个人的音乐世界应该会拥有独自的广度和深度。而舒伯特的 D 大调奏鸣曲之于我便是这种宝贵的“个人抽屉”。我通过这首音乐得以在漫长岁月里邂逅易斯特敏、克林、柯尔荣和安斯涅斯等钢琴手——这么说或许不好,他们决不是超一流钢琴手——各自编织的超凡脱俗的音乐世界。自不待言,那不是其他任何人的体验,而是**我的**体验。而这样的个人体验相应成为贵重而温馨的记忆留在我的心中。你的心中也应该有不少类似的东西。归根结蒂,我们是以有血有肉的个人记忆活在这个世界上的。假如没有记忆的温煦,太阳系第三行星上的我们的人生难免成为寒冷得难以忍受的东西。正因如此,我们才恋爱,才有时像恋爱一样听音乐。

Eugene Istomin,
Schubert; Piano Sonata in D Major, OP. 53
(Columbia MS7443)

# 斯坦·盖茨的黑暗时代 1953—1954

Stan Getz at the Shrine
(Verve MGV-8188-2)

## Stan Getz(1927—1991)

生于费城。擅长旋律优美的即兴吹奏的次中音萨克斯管巨匠。初期以演奏冷爵士乐声名鹊起。六十年代掀起巴萨诺瓦(Bossa Nova)热潮。其后亦在第一线纵横驰骋。晚年在癌症的病痛中坚持舞台活动。

一九五二年至一九五三年这一年多时间里，担任斯坦·盖茨乐队贝司手的比尔·克劳（Bill Crow）在其著作《从鸟园到百老汇》（From Birdland to Broadway）中这样回忆道：

“海洛因对斯坦的影响和其他吸毒者不同。其他人每次药瘾发作，便神思恍惚，无精打采。但斯坦不一样。他平时是个让人愉快的人，而一旦药劲儿上来，就莫名其妙地哭哭啼啼，紧接着就变成一个冷酷、多疑、无情无义之人。有一天，在纽约一家酒吧同祖特·辛姆斯（Zoot Sims）交谈时，祖特说“斯坦嘛，可真是一帮好人（a nice bunch guys）啊！”

大约十年前，我到比尔·克劳家访问——他的家在新泽西州哈得孙河畔——谈了相当长时间。我们谈了各种各样的爵士乐手，但这时间里几乎没有把斯坦·盖茨作为话题。他只这样谈了斯坦·盖茨一次："斯坦做的好事，就是把机会给了优秀的无名乐手们。例如阿尔伯特·戴利(Albert Dailey)，他是个能创作出动听音乐的有才华的钢琴手。可是如果斯坦不起用他，就不会像今天这样引起大家的注意。"给人的感觉总好像欲言又止，意思仿佛是尽管他个人对斯坦·盖茨这个人有很多很多话要说，可是……我固然想多听几句这方面深入些的内幕，但他好像有很强的顾虑，极不愿意讲往日同伴的坏话。不过，斯坦·盖茨在伍迪·赫尔曼(Woody Herman)时代的同事拉尔夫·伯恩斯(Ralph Burns)则远为坦率地谈了感想："斯坦实在是个提不起的家伙，反正能吹乐器就是！"

比尔·克劳写的这本读来愉快的回忆录《从鸟园到百老汇》里边介绍了斯坦·盖茨时代几个趣闻，但数量不多。五十年代后半期至六十年代前半期在杰瑞·穆里根(Gerry Mulligan)乐队时趣闻是那么丰富多彩，而相比之下，盖茨时代的趣闻数量少得令人吃惊，内容也相当平淡。尽管如此，还是可以从中窥见同海洛因瘾抗争的——或者不如说拼命尝试与之共处的——这位才华横溢也麻烦多多的年轻次中音萨克斯管手的言行举止。他目睹了一次因过量注射海洛因而失去知觉的盖茨由于同伴的人工呼吸而奇迹般捡回一条命的情景,吓得他浑身僵冷。

比尔·克劳在乐队期间,斯坦·盖茨已经无法维持乐队的正常运转了。短时间里不断更换成员。他注射海洛因越来越频繁,甚至影响到每天的演奏活动。优秀的乐手无法忍受这种乱七八糟的样子,弃他而去。最先离开的是吉他手吉米·拉尼(Jimmy Raney),接着是钢琴手乔丹公爵和鼓手肯尼·克拉克(Kenny Clarke)。后来,斯坦·盖茨到底觉得这样下去不行,尽可能远离海洛因,好歹维持了"小康状态",但归终好景不长。比尔·克劳于一九五三年四月辞职离开乐队。一九五三年到一九五四年是斯坦·盖茨受海洛因折磨最严重的时期。但同时又是他音乐上最充实的时期。

斯坦·盖茨的特征在于,无论他多么受苦于海洛因,身心为其腐蚀,其影响都几乎未在音乐方面显现出来。哪怕私生活再不堪,而一旦把乐器拿在手中,也能进入与天国对接般出神入化的即兴演奏。这样的地方可能同莫扎特相似。莱斯特·扬(Lester Young)和查特·贝克(Chet Baker)因毒品效果或精神稳定程度的不同，演奏或者极好或者极差（长期看来，绝对越来越差）。但是，斯坦·盖茨无论在何种恶劣的环境下都能创造出最佳（或接近最佳）的音乐。至于何以可能则不知其故。只能说他的才华本来就是那样子的。

斯坦·盖茨作为斯坦利·盖茨（Stanley Gets，原来的家族姓为Gayetzby），于一九二七年出生于费城，在纽约的布朗士区长大。金发碧眼，相貌英俊，一看就是纯正的盎格鲁-撒克逊后裔。父母都是为了逃避排犹（погом，大规模迫害犹太人）而在二十世纪初期从基辅迁来的犹太人之子。父亲是在印刷厂做工的底层劳动者。当时犹太人不能加入印刷工会，父亲因此不时处于失业状态，生计经常没有着落。

年仅十五的斯坦之所以在当时走红的杰克·蒂加登（Jack Teagarden）乐队获得一份工作，是因为他去参观彩排时碰巧赶上正式的次中音萨克斯管手不在。于是他借一件乐器替那个人参加彩排，直接成了正式成员。领队对他说："如果想参加我们乐队，就带燕尾服、牙刷和一件替换衣衫明天到中央车站来！"不用说，斯坦照做了。他已谈不上上学。每星期七十美元,其中三十美元寄给父母。晚年他这样说道:“周围全都是过了征兵年龄的老乐手。我所以能在那里吹两年次中音,是因为年轻人都入伍当兵了,乐手数量严重不足,如此而已。所以,我至今也无法把自己看成艺术家,我不过是做工罢了。”

十五岁的盖茨对正式音乐理论一无所知,但蒂加登对此没有怎么介意。只要自己的乐手能发出优美动听的真正的声音,对于他就足够了。斯坦·盖茨的音乐基本优美动听,想必是在蒂加登时代奠定的基础。音乐使他幸福,使其人生得到满足,但同时也打开了他心中阴暗一侧的门扇。盖茨许多年后表示:“我从蒂加登那里没有像样地学得音乐,惟独酗酒给他教得毫不含糊。”他说从那时开始,他每晚必喝得不省人事。仅仅十五岁就成了不折不扣的酒精中毒者,十七岁便招惹了海洛因。

如此这般,斯坦彻底染上了种种样样的酒瘾和毒瘾,将他此后的人生扭曲得积重难返。“斯坦和我年龄差不多,可两人的才华相距好几光年。”克劳在他那本书中直言不讳。致使斯坦·盖茨的精神结构扭曲变形的,估计是他这种出类拔萃的丰沛才华带来的压力。在台上独奏时的他充满自豪与自信，几乎让他忘记了十五岁这个年龄。然而实际上，他不过是被抛到险象丛生的茫茫人世上一个不知东南西北心惊胆战的布朗士区贫民窟出身的瘦弱少年。本来就没有机会接受学校教育，又不可能在周围得到大人们的正确指点。为了克服压力和恐惧，他不能不依赖身边的毒品和酒精。

斯坦·盖茨的海洛因史是从他参加斯坦·肯顿（Stan Kenton）乐队时期开始的。当转了几支乐队后自己独立时，已经大体无可救药了。伍迪·赫尔曼乐队时期尤其严重。乐队成员有一半是海洛因中毒者，当红的号手赛吉·查洛夫（Serge Chaloff）负责推销。为了防止因为海洛因的作用而在演奏时犯困，他们还服用安非他命（amphetamine）。因此，乐队总是笼罩在某种毒品的阴影下。斯坦·盖茨在女性当中有压倒性人气，每晚无论谁都“任其挑选”。可是演奏结束后，他选择的基本不是女人，而是毒品，乐队一个同事这样回忆说。

毫无疑问，斯坦·盖茨是次中音萨克斯管的天才演奏者。

他在没有任何计划的情况下拿起乐器,想怎么吹就怎么吹。而且几乎所有场合都直接就是天籁一般优美、充满想象力的音乐。多萝西·帕克(Dorothy Parker)曾评价“菲茨杰拉德即使无聊的小说也不能不写得优美”,这大体也适用于盖茨的音乐。即便那是为了得到买毒品钱而接受的临时性打工,他也几乎都吹得很完美。总之,一旦乐器在手,他就不能不那样吹。约翰·科特兰一次听了斯坦·盖茨的演奏说道:“假如我们都能够像他那样吹,那么每一个人都正在像他那样吹吧。”至于那为什么成为可能,就连他本人大概都不大明白。明白的只是一点:一一考虑因为什么也没有用。对于他,需要的不是解析,而是个人经验法则。他主张“注意力越分散,演奏越出效果”。他将“注意力分散”状态称为“阿尔法状态”。他说:“无论精神还是身体,如果用力就不可能出好东西。可以说,注意力有作用的是会计那样的工作。我们需要的是轻松心态。”

不幸的是,斯坦·盖茨为了随时随地进入“阿尔法状态”而离不开海洛因和酒精。如后来他本人所承认的,上台时他十之八九注射海洛因,录音时百分之百。听他一九五一年十月在波士顿一家爵士乐俱乐部“斯托利维尔”(Storyville)现场录音的两张LP《斯托利维尔现场》(At Storyville),我们固然为其音乐的品质之高、即兴性之无与伦比,以及二者交融互汇形成的奇迹般的临场感所打动,但当我们知道那是借助海洛因力量的结果时,势必别有感慨。人们以为了艺术为了创作的名义屡屡服用毒品,实际上那不过是为了将恐惧感和自我怀疑赶去哪里而采取的消极逃避手段罢了。尽管如此,这场现场录制的演奏效果的完美委实令人震惊。

然而,危机未能避免。危机的到来是在一九五三年。那一年他终于有了自己固定的乐队。作为乐队的核心人物,他得到了具有优异编曲才能的阀键长号手鲍勃·布鲁克迈尔(Bob Brookmeyer)和钢琴手约翰·威廉姆斯(John Williams),使得他的音乐陡然增加了稳定感。同他和吉米·拉尼合作时期相比,音乐诚然缺少了前卫性刺激,但另一方面,开始有了成熟的丰腴和温馨。曾经岌岌可危的苍白的“紧张感”——那当然使人强烈感觉出毒品的影响——好也罢坏也罢渐渐烟消云散。他的音乐由“冷盖茨”(Cool Getz)缓缓朝

“暖/热盖茨(Worm /Hot Getz)时代掉头转向。那年他二十六岁。即使在音乐刊物人气投票上他也焊住似的名列前茅。收入也增加了,孩子有了,还在郊区买了房子。

但是,这种环境的改善未能将海洛因从他的生活中一笔勾销。莫如说服用量在持续增加。那年十二月,斯坦·盖茨为诺曼·格朗茨(Norman Granz)录制《迪兹与盖茨》(Diz and Getz)。原以为作为冷爵士乐派白人次中音萨克斯管手出名的盖茨同野性黑人波普爵士乐小号手迪吉·吉莱斯皮(Dizzy Gillespie)两人水火不相容,但不妨说是格朗茨慧眼识珠吧,最终这一搭配取得辉煌战果。埃林顿公爵的名作《没有摇摆就没有意义》所设定的速度极快,快得不能再快。那是一种Showdown(一决雌雄)。吉莱斯皮迅猛出击,盖茨正面迎战,寸步不让。令人耳目一新的独奏对决略无间歇。“原以为无论如何不能吹得更快来着,”盖茨事后发表感想。这场炽热灼人的现场鏖战,向全世界证明盖茨不仅仅是个面色苍白的爵士乐青年。

不料,鏖战之后当即有毒品搜查官进入盖茨家搜查。起因是盖茨妻子贝芙丽(Beverly)(她也是海洛因严重中毒者)

将海洛因带入家中。一看见搜查官盖茨就慌了,从抽屉里拿出手枪想要抵抗,结果被当场逮捕。斯坦·盖茨一生中有几次看上去无谓的不合适的行为,这显然是其中一次。带回家的海洛因由妻子设法扔进马桶冲了,不法持有毒品罪得以免除。但手臂上留下的注射针痕迹无法遮掩。根据当时的加利福尼亚州刑法,仅使用毒品这一条即可判以重罪。盖茨姑且缴纳保释金未被收监,但一个月后被法庭传唤。

在法庭上他自认有罪。仅仅两天后的一九五四年一月二十三日,他再次为诺曼·格朗茨在录音室录制了四首歌曲。乐队成员是吉米·罗尔斯(Jimmy Rowles,钢琴)、鲍勃·惠洛克(Bob Whitlock,贝司)、马克斯·洛奇(Max Roach,鼓)。演奏的曲目是:

1. "Noboby Else But Me"
2. "With the Wind and the Rain in Your Hair"
3. "I Hadn't Anyone'Til You"
4. "Down by the Sycamore Tree"

这四支歌，哪一支都是上一年代流行的纯情歌曲。所以选择不很有名的、相对说来摇摆感不太强的曲目，也许出于“永远的达人”吉米·罗尔斯的个人爱好。虽说不是应付之作，但录音曲目少，成员也东拼西凑。马克斯·洛奇的鼓声彻头彻尾有气无力，即使出于夸奖也不能称为一场激情演奏。后来，1 和 4 收进《斯坦·盖茨与冷爵士乐》(Stan Getz and the Cool Sound)，2 和 3 收进大杂烩《次中音萨克斯管》(Tenor Sax)之中。

逮捕、法庭传唤，一个月后宣判——这个那个本应使盖茨心力交瘁，然而他创造出的音乐，纵使不能说达到最佳，但势头并未特别衰退。平日斯坦·盖茨演奏的优质音乐完美无缺地存在于那里。或许多少荡漾着类似淡淡哀愁那样的东西，但那含忧带愁的眸子所凝视的，乃是惟独美丽的音乐才能创造出的虚拟的世外桃源。盖茨说不定正处于他所说的“阿尔法状态”。作者不详的老抒情曲《梧桐树下》(Down by the Sycamore Tree)中他那怡然自得的独奏尤其漂亮。看上去若无其事，但越听越出味道。杰罗姆·科恩(Jerome Kern)几乎被人遗忘的佳作《孤独一人》(Nobody Else But Me)中他那自由自在的分句也令人难忘。特别是接在罗尔斯钢琴独奏“节歌”段之后出场的最后的“叠歌”段美妙得令人瞠目结舌。

斯坦·盖茨在即将开庭的法庭上接受的判决,是至少在监狱服刑九十天。那期间他必须过没有毒品的生活。作为铁杆吸毒分子,他已预测到那将是地狱般的日子。因此,他事先戒了海洛因,而代之服用镇静剂巴比妥酸①,以便让自己习惯没有海洛因的生活。但他选择的时机再糟不过。那时盖茨正参加由简·诺曼(Gene Norman)主办的“就是爵士音乐会”(Just Jazz Concert)在太平洋北部地区做巡回演奏。除他以外,祖特·辛姆斯和沃戴尔·盖瑞(Wardell Gray)也作为次中音萨克斯管手参加了,三人将每晚展开次中音萨克斯会战。那是一场恶战。戒毒的盖茨开始觉得浑身痛不可耐,即所谓“冷火鸡”(Cold turkey)征状。在剧痛打击下,他信心尽失,郁郁寡欢,和周围所有人找茬吵架。不仅如此,由于巴比妥酸和酒精的作用混在一起,其正常意识遭到迅速破坏。

最严重的事态发生在最终公演地西雅图。盖茨实在忍受

---

① 一种安眠药。

不住过度的疼痛,早上七点四十分抢劫了酒店对面的药店。他装作衣袋里有手枪的样子威胁店员,打算把镇痛用的吗啡弄到手。但店员一眼看出他没带手枪。结果他一无所获地逃回酒店。警察当即出现在酒店里,以抢劫未遂罪将陷入精神错乱状态在走廊里走来走去的盖茨逮捕,直接拘留。不料几小时后拘留所里的人巡视时,发现盖茨人事不省地躺在牢房里。原来他在即将被捕前把所剩巴比妥酸全部吞了下去,造成呼吸障碍。他马上被送去急诊室做气管切开手术,好歹保住了一条命。即使直接死去也毫不奇怪。至于是精神错乱引起的事故还是有意自杀而未遂,情况无从知晓。

盖茨在加州法院被以毒品常用罪判六个月刑期。在西雅图的抢劫未遂和在自己家中针对警察持枪妨碍公务未被问罪,只能说是幸运。盖茨当即被收入洛杉矶综合医院中的牢房。他在医师指导下克服了“冷火鸡”最艰难的阶段,而后被送到洛杉矶郡立监狱。八月十六日成为自由之身时,他体重增加了。因户外作业的关系,脸被晒得很健康。已克服禁断征状的他,那以后如果想走远离毒品的人生道路,应该是比较容易做到的。有过服刑经历的多数乐手都选择了这条道路。

他们认为，与其再进一次监狱，还不如戒毒好。

然而盖茨选择了另一条路。为了不再重蹈覆辙，他与之保持了一定距离。但他无法远离海洛因。他在海洛因的泥潭中陷得太深了，已无从自拔。早在十几岁他就有了毒瘾。可以说，作为个人的自我和作为音乐家的自我都是同毒瘾一起形成的。用个极端的说法，十五岁以后不吸毒的日子几乎一天也不曾有过。如此形成的体质已使他无法直接面对自己真正的感情。一旦勉强戒毒——即一旦要直面自己真正的感情——剧烈的抑郁症便接踵而至。而且，抑郁症驱使他采取暴力性、自我毁坏性行为。这样，斯坦·盖茨势必在严重毒瘾与抑郁症之间的徘徊当中度过大半个人生。

出狱后，盖茨几乎刻不容缓地重返爵士乐坛。入狱半年时间完全没有收入，即使为了维持生活也必须设法填补空白。最初的工作是在洛杉矶“蒂芬妮俱乐部”(Tiffany Club)和查特·贝克同台演出。那是出狱后仅仅第三天的事。查特在这一时期也已成了海洛因常客，演奏潜能明显下滑。钢琴手路斯·弗里曼(Russ Freeman)倒是以其知性而清脆的演奏提高乐队的士气,但从留下的若干现场录音听来,演奏总体上成了温吞水。斯坦·盖茨以前也同查特联袂演奏了几次,不过两人的合作质量绝对谈不上是高档次的。他们尝试再现杰瑞·穆里根四重奏中的对位演奏法,可是比起小号同低音萨克斯管抑扬顿挫的搭配,小号同次中音萨克斯管的组合多少有些别扭。声音未能很好地区分开来。而且,两人之间似乎还有为争夺观众人气而暗暗较劲的地方。双方不仅性格不稳定,而且是互不服气的利己主义者,所以本来就不可能顺利。

詹姆斯·盖文(James Gavin)在查特·贝克传记《深陷梦中》(Deep in a Dream,Knopf 出版)就两人的关系这样写道:

> "两人间的摩擦有几次同毒品有关。尽管自己本人也经常使用海洛因,然而贝克对毒瘾患者怀有道德上的厌恶感。并且将盖茨看作分文不值的毒瘾分子。盖茨去了位于霍利里奇大道(Hollyridge Drive)的贝克家和路斯·弗里曼家,在过着贫穷生活的室友们面前大肆吹嘘自己获得的高收入,之后进浴室吸食了过量的海洛因。

那是盖茨过去干过好多次的事。贝克和钢琴手们只好把他投进浴缸的冷水中浸泡，一直泡到他苏醒过来。"

和查特同台演出后，盖茨重新回到同鲍勃·布鲁克迈尔组建的乐队，在洛杉矶的小型爵士乐俱乐部演奏了两个星期。然后率领同一乐队参加诺曼·格朗茨主办的巡游音乐会"现代爵士乐音乐会"(Modern Jazz Concert)。十一月八日，在洛杉矶的圣殿礼堂(Shrine Auditorium)举行的最后一场音乐会被录制成了唱片:《在圣殿》(At the Shrine)。这里可以在开头听到斯坦·盖茨较长的曲目解说。此时的"圣殿"入场人数约七千人。面对这么多人，盖茨的声音到底有些发僵。演奏完第一曲中板速度《火烈鸟》之后，他几乎连珠带炮似的说道:"刚才演奏的是《火烈鸟》，听明白了吗？毕竟我们本身也开始莫名其妙起来。不过，这不是经常性的，只不过两三次……"想必这是他想讲笑话。因为，乐队演奏过程中并没有迷失这首乐曲。不过好像到底有些紧张，《弗拉明戈》的演奏坏固然不坏，但多少有欠洒脱。

会场聚集的大部分听众知道盖茨刚刚刑满释放(这一事

件被全国性大大报道出来)，因此对他的登台给予的掌声比对任何人的都热烈，经久不息。不妨说，这类似一种“认证仪式”。人们热爱从他的萨克斯管发出的优美旋律，并因此对他差不多所有的缺点视而不见。人们给予宽恕，乐手们接受宽恕。而盖茨也在自己能力容许的限度内回应人们的期待。从这张《在圣殿》的现场录音唱片中，可以听取台上台下那种心的交流。由于这种堪称特例的温馨氛围，五重奏乐队那天晚间的演奏一曲比一曲悠然自得而又充满想象力。

盖茨同布鲁克迈尔的音乐合作，较他和查特之间远为紧密、放松和有说服力。布鲁克迈尔这个人不是明星类型，而喜欢后退一步演奏。比之狂风暴雨般的即兴演奏，更偏爱洒脱的编曲和创作高雅的音乐。关于乐队的音乐构成，他虽然和查特同样重视对位法，但从不像查特和盖茨简直像对阵似的竞相给声音填空。一来阀键长号这种乐器本身不具有足以称雄争霸的音色，二来听起来布鲁克迈尔似乎为自己辅佐盖茨演奏这一角色而乐在其中。得到布鲁克迈尔这样舒心惬意的支援，盖茨没了后顾之忧，只管独自吹奏不止。说老实话，我几乎不曾喜欢过鲍勃·布鲁克迈尔具有“新保守主义”倾向的演奏，但至少以这张《在圣殿》的实况录制唱片听来，他同盖茨音乐的相得益彰不能不令我心生敬意。他所具有的音乐稳定性对于盖茨这个天才型（同时有很多精神问题的）人物来说，发挥类似拖锚那样的作用。主题呈示部分中二者雄辩的纠合及从中解放之时，同盖茨的演奏倏然展现的自由翱翔形成的反差，赋予这张实况录音唱片以令人欣慰的纵深。与同一乐队其他录音室录制的唱片相比，这张在"圣殿"现场录制的唱片出类拔萃，栩栩如生。所以如此，恐怕是因为这种对照的同时性在现场以更为鲜明的形式表现出来。我想，斯坦·盖茨基本是一位对听众和同行乐手的反响积极做出回应的随机应变的"现场"音乐家。不过，这并不意味他的现场演奏总是这样天马行空。

七十年代斯坦·盖茨来日本时我在现场听过一次。组合是单管四重奏。伴奏的是里奇·贝拉奇（Richie Beirach，钢琴）、戴夫·霍兰（Dave Holland，贝司）、杰克·德约翰内特（Jack DeJohnette，鼓）——一个朝气蓬勃、积极向上的节奏组阵容。作为我，不用说，因为期望展开挑战性激情演奏才去听这场音乐会的。然而遗憾的是，期望落空了。超级大腕盖茨只是随便独自吹了——吹得很流畅——一段什么叠歌段,吹完就回后台了。他不在的时间里,台上由节奏组热火朝天长时间演奏他们自己的音乐。当然也令人兴味盎然,但那是离开斯坦·盖茨这个人也能成立的那一种类的音乐。三重奏快要结束时,盖茨再次上台,一滴汗也不流地吹了最后几个叠歌段,吹完就走。如此周而复始。盖茨的演奏无论音色还是乐句当然都够精彩无可挑剔,可是其中没有同节奏组热切的音乐交流,没有仿佛把听众领进另一世界的天国般美妙的瞬间。盖茨吹盖茨的音乐,节奏组演奏节奏组的音乐。四人互为一体迸发火花的瞬间一次也没出现。对我来说,那终究是个遗憾。因为我作为一个音乐迷,一直深深爱着斯坦·盖茨的音乐。十几岁时的日日夜夜,即使其他所有人都迷上约翰·科特兰和艾瑞克·道尔非(Eric Dolphy)的时候,我也执拗地支持和倾听斯坦·盖茨,乐此不疲。

我那时在观众席上闭起眼睛,在脑海中持续描绘和现实存在于此的音乐不同的虚拟的音乐——"假如盖茨全力以赴,想必会拿出这样的音乐吧?"如此随心所欲地加以修补。所以,在那个音乐厅里实际进行的是怎样的演奏,即使现在也无法准确记起。这是因为,时至如今,我已将那里实际有的音乐同我在脑海中同时描绘的虚拟的音乐混淆起来,无可分离了。

斯坦·盖茨到日本来了几次,但在日本真正出彩的演奏好像一次也没有过。有人说"那是因为他瞧不起日本听众,所以才偷工减料"。也有人说"日本对毒品管得严,他一次也用不成,根本进入不了状态"。不知道哪个说得对。或许二者都对,也可能完全是其他原因造成的。

"在圣殿"音乐会下一个月的一九五四年十二月,盖茨制作了另一张留在人们记忆中的现场实况录音唱片。在纽约的爵士乐俱乐部"鸟园"(Birdland),他以来客身份参加贝西伯爵(Count Basie)乐队吹了三首独奏曲。听之,不难听出盖茨是何等出色的即兴式演奏家。只要那是优秀的真正的音乐,他就可以超越风格的差异,任何音乐世界都能随心所欲、自然而然地进入其中。当时的贝西乐队是齐刷刷汇聚了顶级黑人乐手的世界最强悍的大乐队,但盖茨面无怯色地将自己的音乐完整带了进去。其独奏是对曾是贝西伯爵乐队招牌乐手的老一辈次中音萨克斯管手莱斯特·扬的赞赏,他对莱斯特的心情是温暖而真实的。而且,贝西乐队的成员们也通过强劲有力的伴奏对其完美的独奏给予音乐认证。

莱斯特·扬对于战后作为"莱斯特·扬模仿者"如雨后春笋一般涌现出来的年轻白人次中音萨克斯管手时而采取批判态度。他觉得他们"鹊占凤巢",轻而易举地篡夺自己的风格而改变为商业性白人音乐。但是,听这次同贝西乐队的合作演奏,可以理解斯坦·盖茨真诚地继承了莱斯特最好的部分,而将其发展成为纯粹的个人音乐。盖茨直到生命的最后瞬间都未将自己的音乐"类型小说化"。换句话说,他从未打算将其音乐固定于某一场所。这是他同其他莱斯特派白人次中音萨克斯管手的不同之处。盖茨这样说道:"爵士乐的优秀乐手多是黑人。但白人中有少数并不逊色的优秀爵士乐手,我也是其中一个。"听起来也许傲慢,但从任何观点看来,他说的都是百分之百的事实。

不错,盖茨作为一个人有许许多多严重问题。他的人生不折不扣遍体鳞伤,他同世界的倾轧直到最后也没有放开他。可是不管怎么说,他始终不惜粉骨碎身地真诚追求自己的音乐、追求迄今从未出现的桃花源风景。为了在同胸怀壮志的新一代乐手之间寻找新型合作模式，他付出了持续不断的努力。如此这般，有了同巴萨诺瓦的幸福邂逅，有了同奇克·考瑞阿（Chick Corea）、盖瑞·伯顿（Gary Burton）之间的相互启发。他在每一时期都追求新的音响、新的音乐。但是，他那浑然天就的天堂般优美的旋律风格基本上没有移去任何地方。这是斯坦·盖茨这位音乐家永远的主题曲。只要听一个乐句，我们马上即可认知那是斯坦·盖茨的声音。他只是本能地不断探索富于刺激性的新的音乐环境以使其主题得到更为有效的表达。即使癌症病入膏肓之后，他也没有失却他对音乐的一往情深，技巧也几乎没见衰退。其音色也直到最后的最后都没有失掉鲜活灵动之感。

不过作为我，老实说，听晚年的斯坦·盖茨演奏，心里是多少有些难受的——我不能不在其中渗出的看透红尘的音响中感觉出某种窒息般的痛苦。音乐优美、深邃。最后和肯尼·巴伦（Kenny Barron，钢琴手）的二重奏的紧迫感尤其有一种阴森森的东西。作为音乐来看，我认为是非常成功的。他坚定地脚踏实地，从而创造了音乐。问题是，怎么说好呢，感觉上他的音乐想要诉说的东西实在太多了。文体过于丰满,声音过于紧密。或者,自己迟早将盖茨晚年的音乐作为自己的音乐爱上也未可知。但眼下不行。在我耳里实在太令人不忍了。那里已没有曾经的桃花源风景,斯坦·盖茨其人的人性正在无限接近他自身创造的音乐世界。

作为我,往下一段时间还要密切注视斯坦·盖茨的形象——那是不管三七二十一地只靠一支萨克斯管同肉眼看不见的恶魔在黑暗中挥刀拼杀而不懈追求彩虹源头的年轻时的盖茨形象。我要什么也不说、有时什么也不想地侧耳倾听他电光石火的手指动作和细如游丝的呼吸所编织的天国音乐。在那里,他的音乐不由分说地凌驾于所有存在——当然包括他自身——之上。那是具有共时性肉身的孤绝的意念(idea),是由欲望之根支撑的形而上风景。出于这样的理由,提起斯坦·盖茨,我每每拿出往日的栖息版(Roost)或神韵版(Verve)唱片放在转盘上。他当时的音乐具有超越框架的自由——仿佛在意想不到之时从意想不到之处轻轻吹来另一世界的空气。他可以轻而易举地跨越世界的门槛,就连自我矛盾也能将其转换为普世性的美。不过自不待言,他为此须付出代价。

“爵士乐这东西么，”晚年在一次接受采访时，他简直像透露家庭不快的秘密时说道，“是夜间的音乐(night music)!”

我觉得，这句话道出了斯坦·盖茨这位音乐家和他创造出的音乐的一切。

Stan Getz and Cool Sounds
(Verve MGV—8200)

# 布鲁斯·斯普林斯汀和他的美国

The River(CBS / SONY 40AP 1960)

**Bruce Springsteen(1949—　　)**

生于新泽西州。一九七三年崭露头角。一九七五年以《生来逃亡》(Born to Run)走红。经一九八〇年的大作《河流》(The River),八四年的《生于美国》(Born in the USA)以爆炸性销量创下纪录,登上巨星宝座。

使得观众席上的听众一起合唱《饥渴的心》(Hungry Heart)的主歌,是布鲁斯·斯普林斯汀演唱会一个保留节目。但实际听得超过八万之数的听众齐声合唱这首歌曲,就连数次走进其音乐会现场的人也还是为其震撼性感到脊背一阵发凉——尽管明知这是他的"常规"——遗憾的是,我一次也没有去过他的音乐会(众所周知,搞到票比登天还难)。但即使以现场录音听来,也还是有某种让人感动的东西。而最让人瞠目结舌的,是歌词的内容。歌词是这样的:

我在巴尔的摩有老婆和孩子
一次我开车离家,再也没有回来
就像一条不知流向哪里的河
拐错一个弯流来了这里

谁都有一颗饥渴的心

谁都有一颗饥渴的心

只能投下赌注一直赌下去

全都有一颗饥渴的心哟

Got a Wife and kids Baltimore, Jack.

I went out for a ride and I never went back.

Like a river that don't know where it's flowing,

I took a wrong turn and I Just kept on going.

Everybody's got a hungry heart.

Everybody's got a hungry heart.

Lay down your money and you play your port.

Everybody's got a hungry heart.

内容这般阴暗且故事性这么复杂的歌词,八万听众(至少其中大部分)竟整个背下来完成大合唱——这一事实存在于此，实在是令人震惊的事实。七十年代至八十年代初期，我对摇滚乐几乎没有兴趣（既有为生活所迫的原因，又有内容上提不起兴致的原因），唯独布鲁斯·斯普林斯汀的唱片得闲时听一下。两张一套的专辑《河流》（The River）也是常听的唱片，其中收录的《饥渴的心》尤其喜欢。

但后来听了收在五张一套的CD版《THE "LIVE" 1975—1985》（现场一九七五至一九八五）中的《饥渴的心》的现场录音，并且听得听众合唱之时，对于布鲁斯·斯普林斯汀这个歌手重新产生了深深的兴趣，感觉有某种重要意义在里边。吸引我的心的，是其中"故事的共振性"那样的东西。摇滚乐被赋予故事性这么深的内容的歌词，在其历史中莫非有过一次不成？（鲍勃·迪伦？我想请大家认识到以下的事实：他的音乐起初不应该说是摇滚乐，在某一阶段就连是真正的摇滚乐这点都不得不自行放弃。）

我第一次去美国是一九八四年的夏天，目的之一是采访小说家雷蒙德·卡佛（Raymond Carver）。到美国从机场乘坐出租车时首先映入眼帘的，是刚刚上市的LP《生于美国》

(Born in the USA)的巨型广告牌,场景至今记忆犹新。巨大的星条旗,褪色牛仔裤屁股袋里随便塞着一顶红色棒球帽。是的,一九八四年正是布鲁斯·斯普林斯汀之年。那张唱片成了令人目瞪口呆的畅销品,整个美国无论去哪里都流淌着他的歌。《在黑暗中跳舞》(Dancing in the Dark)、《生于美国》。这年又是洛杉矶奥运之年,是罗纳德·里根在总统选举中获得压倒性胜利之年。失业率超过两位数,工人们在经济萧条的重压下呻吟。经济结构的剧烈转换正在将普通工人的生活逼入深渊。但一个旅行者眼睛见到的,是明显装出来的乐天主义,是为建国二百周年和奥运会大肆挥舞的星条旗。

在位于华盛顿州奥林匹克半岛的雷蒙德·卡佛家的客厅里,两人面对面谈他的小说内容时间里,我忽然想起布鲁斯·斯普林斯汀的《饥渴的心》。并且这样想到:以歌词看来,简直不就像是卡佛小说里的一节?其中共通的是美国的蓝领阶级(Working Class)所怀有的闭塞感,以及由此带给整个社会的"bleakness = 狂暴的心"。工人阶级总的说来沉默寡言,没有代言人。饶舌不是他们的爱好。那是他们在漫长岁月里采取的生存方式。他们只是默默劳动,默默求生,并且在漫长岁月里支撑了美国经济的台基。雷蒙德·卡佛作为故事写成文字、布鲁斯·斯普林斯汀作为故事歌唱的,就是那种美国工人阶级的生活、他们的心情、他们的梦境、他们的绝望。这两个人便是这样在整个八十年代成了美国工人阶级寥寥可数的宝贵的代言人。

不过,那个时候我还对雷蒙德·卡佛其人的个性一无所知。尽管翻译了他的若干短篇,但还没有怎么广泛而深入地阅读他的作品。况且,面对第一次见面的作家,实在很难说出“你的小说调子同布鲁斯·斯普林斯汀那个摇滚歌手的歌词有共同的东西啊!”(有人说不定气恼)所以,当时没敢说。但这两人的世界应该有某种共通性这一念头,那以来长期挥之不去。

无论是在美国还是在日本,《生于美国》往往被当成单纯赞颂美国的歌曲。实际上这首歌的内容相当杀气腾腾。这样的歌成为售出几百万张的畅销单曲一事本身很有点儿难以置信。在摇滚音乐史上,恐怕再没有比它更受人误解的歌曲了。歌词内容是这样的:

出生在一个半死不活的小镇
刚懂事就被踢来踢去
只能像挨打的狗一样终了此生
为了活命而大半生东奔西走

生在美国
我就是生于美国

Born down in a dead man's town
The first kick I took was when I hit the ground
You end up like a dog that's been beat too much
Till you spend half of your life just covering up

Born in the U. S. A.
I was born in the U. S. A.
I was born in the U. S. A.
Born in the U. S. A.

但是，不知何故，人们对这歌词的内容几乎毫不关心。大概由于布鲁斯·斯普林斯汀特有的叩击般沙哑歌声的关系，甚至美国人都不容易听懂歌词的内容。尽管如此，斯普林斯汀往这首歌里投入的沉重信息，也还是在整个社会层面被大幅看漏了。克莱斯勒公司策划把这首歌用于新车宣传，提出付给一千二百万美元的巨额使用费（不用说，布鲁斯当即拒绝了）。《新闻周刊》（Newsweek）坚称布鲁斯·斯普林斯汀堪称“摇滚界的加里·库柏”，是整个美国的好男人（All－American nice gay）。为了吸引选民，罗纳德·里根在新泽西州总统选举运动的演说中将布鲁斯·斯普林斯汀的音乐作为话题：

> “你们心中成千上万个梦中有美国的未来，众多美国青年所迷恋的音乐所包含的希望信息中有美国的未来。是的，那是这新泽西州诞生的布鲁斯·斯普林斯汀的音乐。而帮助你们实现那样的梦的，正是我的工作。”

坦率地说，我不认为罗纳德·里根正正经经听过一次布鲁斯·斯普林斯汀的音乐。这是因为，假如他认认真真倾听那首歌，他绝不会说那里边含有美国青年的“希望信息”。演说完后，一个新闻记者问一个选举运动职员：“那么，里根先生最喜欢的斯普林斯汀的歌曲是什么呢?”结果把对方问住了[第二天向媒体表示是《生来逃亡》(Bron to Run)，若说过分，这选择也实在过分了吧]。总之，无论怎么看这都是搭顺风车，而且搭得那么廉价和不堪。如果能够从斯普林斯汀的歌曲中找出某种希望来，那只能是对通过共同拥有挣脱剧烈的结构性绝望之后梦的形骸而在人们——不妨说是默默无闻的人们——中间勉强产生的共感的希望。而罗纳德·里根恰恰站在制造“结构性绝望”之人的一边。

当布鲁斯·斯普林斯汀高喊“我出生在美国”之时，自不待言，那里有愤怒、有怀疑、有悲哀。他心中有痛切的感慨：我出生的美国不应是这样的国家！不能是这样的国家！过去一直支持斯普林斯汀音乐的铁杆“Boss Mania”①们当然马上理

① Boss Mania：“Boss”是对布鲁斯·斯普林斯汀的爱称，即“布鲁斯迷”。

解了那一信息。但是,通过《生于美国》的极度热销而差不多第一次发现他的存在的普通民众则对歌词内容充耳不闻,仅仅是将其作为朗朗动听的音乐进行现象性咀嚼。唱片套图像中出现的巨幅星条旗也是产生误解的一个主要原因。其中布鲁斯用心良苦的反讽性 implication(含义)被巨大的消费浪潮彻底吞没,全然无计可施。而且,说啼笑皆非也好什么也好,与"里根时代"的开始几乎同步。不管布鲁斯方面的真意是怎样的,反正《生于美国》商业性成功的大部分是由催生里根主义的那种社会精神(ethos)所支撑的——这点恐怕没有怀疑的余地。

关于如此巨大的误解,布鲁斯·斯普林斯汀及制作人约翰·蓝德(John Landau)方面也不能说没有问题。从根本上说,《生于美国》这首歌是作为伍迪·格斯里式信息歌曲、作为广义抗议歌曲为专辑《内布拉斯加》(Nebraska)创作的。由布鲁斯·斯普林斯汀一人独唱,在自家小型四轨磁带录音装置录制的[这段音乐带后来计划收入四张一套的 CD《轨迹》(Tracks)发行]。但是,由于这首歌同专辑概念不完全符合,以致无果而终。再后来经过编曲使之具有势头凶猛的流行曲风格之后，挪用到《生于美国》专辑之中。但这首歌痛切的内容同其轻快的包装之间产生了全然奈何不得的乖离。马克斯·温伯格(Max Weinberg)气势汹汹的鼓声和罗伊·比坦(Roy Bittan)那单纯得如同念咒的合成电子琴的伴奏，使之明显超出了信息性而将庆典性凸显出来。

电影导演约翰·塞尔斯(John Sayles，他也是蓝领阶级出身)摄制的《生于美国》音乐录像试图弥合这一乖离，而将越南战争新闻纪录片和描写美国工人生活情况的录像嵌入其中。但其引用略有说明性过多之嫌，以致作品本身显得不伦不类，缺乏生命。同布莱恩·德·帕尔玛(Brian De Palma)在其之前摄制的《在黑暗中跳舞》那欢天喜地、至今仍自有其活生生说服力的录像成为明显对照。

内容与风格的龃龉、乖离这个问题，说得稍为苛刻些，成了《生于美国》这张专辑的基本瑕疵。客观地看，《生于美国》是极为成功的精彩专辑，作为理所当然的结果获得了商业成功。那也是压倒性成功。我本身也好多次把它放在唱机转盘上。

不过，在经过二十多年后的当下之时重新听来，作为我还是为《河流》和《内布拉斯加》等早期专辑中蕴含的始终一贯的坦率心情所强烈吸引。而关于《生于美国》,反复听的时间里,无论如何都为其"龃龉"部分和曲与曲之间概念的相互冲撞而耿耿于怀。就布鲁斯而言,作为对前一首歌《内布拉斯加》中过于狂暴的个人风格的反动,他似乎想推出一张对听众多少友好些的专辑(情有可原)。可是结果上,指针有些向右摆过头了。卖到这个程度、"社会现象化"到这个程度,无论布鲁斯还是蓝德恐怕都始料未及。而这种始料未及的摇摆至少在一段时间里给布鲁斯·斯普林斯汀的人生投上了抑郁的阴影。

对《生于美国》导致表面化的摇滚乐性同故事性之乖离如何进行个人修复,成了布鲁斯此后人生一个最重要的课题。此外还出现了这样一个根本性、道义性疑问:已经不再是劳工阶级的人和成了大富豪摇滚明星的人还能够歌唱贫穷的劳工阶级吗?他必须找出具有说服力的新的个人场所。那是花力气又花时间的活计。这是因为,对于已然化为社会象征的布鲁斯来说,在哪里划出一条个人性与一般性的分界线,已经成了无比艰难的作业。这时间里,斯普林斯汀解散了曾以钢铁一般团结而自豪的E街乐队(E Street Band),然后重新组建。由此开始了漫长的探索阶段。有时解体,有时重构。

再次回到雷蒙德·卡佛与布鲁斯·斯普林斯汀的共通性上面来。

两人都出生于生活不太宽裕的工人阶级家庭。卡佛的父亲是华盛顿州一个木材小镇的伐木工,苦于酒精中毒,生活贫困而不稳定。

布鲁斯·斯普林斯汀出生在新泽西州名叫弗里霍尔德(Freehold)的小镇——借用布鲁斯的歌词,即"半死不活的小镇"(dead man's town)——父亲或在当地一家小工厂做工,或当监狱看守,或当出租车司机。哪一项工作都好像没有做长。"我生长的家庭几乎没有书那样的东西",两人异口同声回忆道。两个家庭的生活都没有足以考虑艺术的余地。他们的父亲要考虑每月的支出,要往餐桌上摆每天的饭食,勉强维持活命都已筋疲力尽。

孩子们高中毕业后——如果能毕业的话——将在父亲、祖父所在的工厂做工,弄一张工会卡(union card),送走和父亲、祖父同样（色彩黯淡）的人生——这被看成理所当然的事。上大学的人极其稀少。多数年轻人固然要送走放荡不羁的青春时代，但那种辉煌日子转瞬即逝，刚过二十岁就结婚成家，在生活的逼迫中各自成为百无聊赖的大人。每天早上开着敞篷卡车去工厂上班，做着千篇一律的工作，天一黑就和同伴去酒吧喝啤酒，谈一成不变的往事。这就是美国无数小镇代代延续的生活模式。那里没有出口，没有应做的梦。那种闭塞感在布鲁斯的名曲《光荣时光》（Glory Days）中表达得真真切切。

但是，卡佛也好布鲁斯也好都是对这种"美国小镇"继承人的人生明确说NO的人。斯普林斯汀拒绝所有工作。他决定当摇滚歌手。卡佛高中毕业后在父亲所在的木材加工厂做了几个月后，"不想这样终了此生！"他横竖都想当作家，离开小镇。那时卡佛已经结婚。借用布鲁斯·斯普林斯汀歌中的说法，那便是：

啊，玛莉，快上车，

这镇子到处是丧家狗。

我要离开这鬼地方当个胜者！

So, Mary, climb in

It's a town full of losers

And I'm pulling out of here to win

《雷霆之路》(Thunder Road)

他们归终实现了各自的理想。迂回曲折当然有，但一个成为小说家，另一个成了摇滚歌手。而且双双通过生动描写工人阶级的生活和情感而获得了作为创作者的自证性(identity)，勾勒了一个时代。

不过，若说他们最主要的共通点，有可能是他们将自己取得的如此成就作为纯粹的奇迹加以把握。目睹自己取得的成就(当然那是他们一贯梦寐以求的东西)，较之欢喜，他们看上去更像是呆若木鸡。自己到底是怎样活到现在的？不不，为什么取得了高高在上的世俗性成功？这为什么可能？就连他们自己也莫名其妙。他们一而再再而三地用皮鞋猛踩地面。难道这是真正的，货真价实的成功吗？在这样的意义上，他们是极为谦虚的人。纵使成功了,也没有失去顽强的创作意志和实实在在的生活感觉。或许,这种脚踏实地的资质才是使得他们成为劳工阶级代言人的根本原因。

例如,斯普林斯汀烟、酒、毒一概不沾,也不像普通摇滚乐明星那样过放荡的生活。他喜欢一人独处,讨厌酒宴,爱好读书。雷蒙德·卡佛因酒精中毒险些丢命,但捡回命之后便过着有节制的生活,全力以赴写小说。他彻底回避文坛往来那样的东西,在华盛顿州奥林匹克半岛尖端一个小镇过着孤立的生活。至少在生活层面上,世俗性成功全然没有损毁他们。想必他们感到害怕,害怕好不容易到手的奇迹在某日早上醒来时不翼而飞这一事态的到来,害怕重新返回自己终于挣脱的地狱。正因如此,他们不能不保持谦虚和付出更艰苦的努力。

当然,并非美国以前不存在描写劳工阶级的文字和音乐。但正如埃里克·阿特曼[①]所指出的,美国文坛有这样一种倾向:以属于工人阶级和贫困阶层的人为主人公的作品,在成为

① 埃里克·阿特曼(Eric Alterman),自由派专栏作家,以反战知名。

纯粹艺术之前，首先被作为“政治性东西”加以分类。究其原因，一是美国的文化和艺术基本是由以东海岸为中心的知识精英阶层主导的，二是，作为现实问题，在深受新政策（New Deal）影响的斯坦贝克那一代之后，几乎再未出现力图真诚描写工人阶级生活的艺术家。那样的动向被五十年代前半期席卷美国的麦卡锡主义彻底剿灭。自那以来，作为对美国社会主流说 NO 的艺术运动，可以举出五十年代的垮掉的一代（Beatnik）、六十年代的嬉皮士一代（Hippie）等等。但哪一个都是基本在同劳工阶级无缘的世界展开的运动。而且，那些运动的文学倾向（怀疑主义、乐观理想主义）的归结点是后现代主义。诚然从中诞生了若干优秀的文学作品，但归根结底，在大多领域都化为仅供都市知识阶层把玩的“知性意趣”。

就摇滚而言，七十年代后半期的摇滚音乐在迪斯科和朋克（Punk）这两种走投无路的文化活动的周边彷徨。六十年代摇滚乐粗野的创造性早已远去。迪伦迷惘，麦卡特尼不思进取，失去布莱恩的“沙滩男孩”失去了听众，“滚石”正被禁闭在接受世间认知的野性这一微妙的围栏中。

就是说，为这种文化闭塞状况打开第一个通风孔的是卡佛、斯普林斯汀。他们在各自的场所不为人知地静静开始工作，但其影响力逐渐变大、逐渐为人瞩目，不久脱颖而出。卡佛以其作品群在文学世界创造出了可以称为“美国新现实主义”（American New Realism）的新潮流；斯普林斯汀几乎以一己之力实现了美国摇滚乐的文艺复兴。这种新的胎动居然是由劳工阶层出身的两位艺术家推动完成的——对此我们恐怕必须关注才是。

两人间另一个需刮目相看的共通点，是他们都没有卷入一系列“六十年代症候群”：反文化运动、嬉皮运动、反战运动、从中派生的疑似革命运动，以及接踵而至的后现代主义等等。说痛快些，当时的他们没有参与那些运动的余地。之于他们的六十年代的后半期，乃是忙乱得无暇他顾并且充满挫折和焦燥感的日日夜夜。扑在自己的理想上一天天苟延残喘是他们能做的一切。布鲁斯被赶出了社区大学（Community College），乐队活动吃了上顿没下顿；卡佛尽管好歹上了大学、进了研究生院，但已结婚并有了年幼的孩子，养家糊口是当务之急。倒是利用生活间隙写小说，可是几乎换不来钱，以致为了逃避焦燥感而沉溺于酒精之中。反文化运动也好嬉皮运动也好,说到底,那都是以富家子弟大学生为中心开展的东西,对于他们的原本就基本是另一世界。

这种回避"六十年代症候群"的他们那未被触摸的世界观,到了反文化运动大体陷入崩溃状态的七十年代中期,开始慢慢发挥了强有力的说服力。七十年代初期,最先使用"沉默的大多数"(Silent majority)这一政治用语的是理查德·尼克松。但斯普林斯汀与卡佛从和尼克松完全不同的角度致力于将"沉默的大多数"这一概念性存在的具象化。或者不如说,对于他们,探索自己的自证性途径恰恰是使"沉默的大多数"实现实体化的努力。

而且,两人的作风惊人相似。可以首先作为共通特征举出的,是其中汹涌而痛切的现实性。在这最初两张专辑中,斯普林斯汀在明显意识到鲍勃·迪伦的情况下写的充满象征和隐喻的歌词,虽然自有其感染力,但第三张《生来逃亡》(1975年)才使他开始发挥作为歌词写手的领袖才能。在这张专辑唱片中,他把劳工阶级年轻人的心情描写得那么真实、那么坦率。那里边有真真切切的活的故事。而且,斯普林斯汀让故事坐上了摇滚乐这辆强有力的战车。

他这样说道：

> “《生来逃亡》之后，我对自己唱的歌曲内容和我唱给听的对象＝听众，开始有了强烈的责任感。而在那之前，你知道，我没有那么多听众。我必须和责任感一起活下去。那是突然找到我头上的。那时我做了个这样的决定：要主动进入黑暗中！而且要四处观察，写自己知道的事，写自己看到的事，写自己感觉的事！”

雷蒙德·卡佛经过种种成败得失之后，几乎在同一时期发表了短篇集《安静些好不好》（1976年）。在那里边，他惟妙惟肖描绘出了美国小镇平民的生活。把那样的生活作为故事描绘出来的作家，在他之前几乎一个也没有。而且，在一次接受采访时，卡佛也说了和斯普林斯汀同样的话：写自己知道的事！“如果年轻作家不写他自己知道的事，那么他到底写什么呢？”他说，“我不会委身于修辞和抽象性，无论在想法上还是在写法上。所以我描写人的时候，想尽可能把他们放在具体场所，放在读者能实际用手摸到的场所。”

但是，他们共有的东西不仅仅是这种彻底的现实性。另一个共通特征，是他们有意识地积极采用拒绝轻易下结论的“故事的开放性＝Wide－open－ness”。他们固然生动具体地提示故事的发展，但不把现成的结论和解决方案强加给读者。他们固然把其中的现实感触、栩栩如生的场景和剧烈的喘息提供给读者＝听众，但故事本身在某种程度上敞开着结束的。他们不是让故事完结，而是从更大的框架中切除故事。而且，对于他们的故事具有重要意义的事件，很多时候在被切除的故事的外围即已结束，或者在久远的将来仍在外围发生。那是他们讲故事的风格。读者＝听众和被切除的故事一起被他们留在后面，就其意义陷入沉思。但是，读者＝听众必须思考的不是象征和隐喻，也不是主题或中心思想。那样的学术用语在此没有多大意义。他们（我们）必须认真思考的是“被切除的故事”如何收纳于我们本身的整体框架中。故事中包含的 bleakness＝狂暴的心将嵌入我们体内的哪一部位？我们势必在这种没有关闭的故事面前如此冥思苦索。那是大体接近困惑的感情。

那样的困惑也是七十年代中期至八十年代我们精神的很多部分所必须面对的切切实实的困惑。惟其如此，布鲁斯·斯普林斯汀的音乐和雷蒙德·卡佛的小说才能够自然而然地吸引许多人，才能发挥作用。他们通过不封闭的故事这一体制（System）来坦率而谦虚地揭露我们内在的 bleakness，给我们带来移动的感觉。那是他们的故事所具有的强大功能。

可是，强大的背面也含有弱点。首先，没有关闭的故事因其没有关闭而有被有意或无意曲解、真意被扭曲的可能性。那也正是《生于美国》成为超级畅销品时布鲁斯必须面对的问题。即使在较为少数的听众面前曾经有效的资质，也会由于铺天盖地的大众媒体的传播而受到致命的损毁。斯普林斯汀为了个人解决这一根本问题而不得不耗费漫长的岁月。

雷蒙德·卡佛也在八十年代中期同样开始受到来自文坛的猛烈攻击，主要是来自后现代方面的攻击。他们批判两点。一点是未能在卡佛小说中找到知性的实验性，另一点是政治及社会信息不明确。并且，他们将里根主义给美国社会带来的保守性与卡佛文学的表面保守性（他们主要将现实主义文体作为靶子)重合起来,批判卡佛作品是“反动的”。而他们真正想说的是(当然没有说出口)卡佛的风格很难为他们所赖以栖息的知性土壤所接受这一点,完全是这一点。对于他们的知性天地来说,雷蒙德·卡佛不折不扣是一个“闯到门口的野蛮人”。

卡佛与斯普林斯汀都从八十年代中期开始分别尝试艺术性转换。他们立志做的,一言以蔽之,是将劳工阶级的问题不是作为劳工阶级固有的阶层问题,而是作为更为广泛和普遍的问题加以描述。亦即,将作为时代情景、阶层情景的 bleakness 在世界性视野(Perspective)中加以把握,将他们讲述的故事甚至升华到超越时代和阶层的“救赎故事”层面。而他无非是将他们自身在人性、艺术性、道义性上推上一个更高的舞台。

就斯普林斯汀而言,看上去他暂时尝试成功了。哪位如果还没有听《升起》(The Rising),务请听一听这张美妙的唱片。另一方面,雷蒙德·卡佛发表《大教堂》(Cathedral)这部短篇集,以此向世人昭示了其前瞻性,但不久患病在身,于一九八八年去世。“失去了不该失去的人”——虽说这是句套话,但我无论如何都想将这用在卡佛身上。

从一九九一年初开始,我在新泽西州住了两年半时间。那时雷蒙德·卡佛已经去世了。斯普林斯汀推出了《幸运之镇》(Lucky Town)和《人类的接触》(Human Touch)两张专辑唱片。绝不算差,但焦点总像游移不定,暗示他正进行音乐探索,难免有轻度失误。甚至有人得意洋洋断言他的创作能力已然越过顶峰。当时我在普林斯顿大学,或者上课,或者什么也不做而只写小说。虽说同是新泽西州,但我居住的州西部典雅的大学城普林斯顿同布鲁斯·斯普林斯汀长大的州东部弗里霍尔德、阿斯伯里帕克(Asbury Park)等地区之间,简直有天壤之别。

每年春天,孟莫斯郡(Monmouth County)那个地方都有半程马拉松赛,我每次都参加。路线在自然公园里面,跑起来非常愉快。这么说怕不大好,在被称为"美国腋下"的新泽西州中部竟有这般满目苍翠的美丽地方,委实令人吃惊。阿斯伯里帕克就是从普林斯顿去孟莫斯途中的海边上。比赛完后我总是顺便到那里一下。说是到那里,但也不是说下车后干什么。我只是照样坐在车上慢慢在镇上逛一圈。边逛边想"啊,无名时代的布鲁斯·斯普林斯汀曾在这镇上演奏来着!"而后掉头返回。如此而已。对于具有普通感觉的人来说,阿斯伯里帕克这个镇绝不是让你想下车吃一顿花样午餐的地方。

阿斯伯里帕克,无论怎么好意看待都是个荒凉得不得了的海滨小镇,甚至可以说让人发怵。所有的建筑都旧了,褪色了,荒废了。几乎没有人影。从战时到战后作为蓝领度夏区发展起来的这座小镇,在布鲁斯·斯普林斯汀不到二十岁的一九七〇年前后就已破败得不成样子了。游客一去不回,多达数百家的酒店旅馆基本停业,犯罪和吸毒随后盘踞不动。九十年代我来的时候依然一片萧条,至今——如果没有拆除的话——想必也没有改观。看上去仿佛通过搜集早已死去之人的记忆建造的虚拟小镇。光天化日下虚幻的鬼城。每年一到春天我就跑孟莫斯郡半程马拉松,跑完就开车在穷困潦倒的阿斯伯里帕克绕一圈。回想年轻的布鲁斯·斯普林斯汀,一边了为不让州警察扣车而注意所限速度(新泽西州对超速极其啰嗦)一边返回知性而平和的普林斯顿这个小镇。

如今每次倾听斯普林斯汀的音乐,我都倏然想起春日阳光照耀下的阿斯伯里帕克。一九七〇年前后我在东京为了好歹活下去而日夜操劳的时候,布鲁斯·斯普林斯汀也同样在这凄凉的阿斯伯里帕克镇往来拼杀。那以来三十多年过去了,我们各自把脚迈到了相当遥远的场所。有时一帆风顺,有时焦头烂额。以后也将为了求生而必须继续各自的战斗。

由于以上缘故,我对于布鲁斯·斯普林斯汀这位摇滚歌手不由得怀有私密性的连带感,尽管这让我觉得有些往自己脸上贴金。

Nebraska( CBS/ SONY　25AP　2440 )

# 塞尔金与鲁宾斯坦

——两位钢琴手

## Rudolf Serkin(1903—1991)

生于波希米亚埃格尔(Eger)。十二岁时以演奏门德尔松钢琴协奏曲而崭露头角。十七岁被选为阿道夫·布什(Adolf Busch)的伴奏者。从师于勋伯格学习作曲。一九三六年与托斯卡尼尼指挥的纽约爱乐乐团同台演奏而在美国声名鹊起。执教于科蒂斯音乐学院,兼与布什等人主办万宝路音乐节。

## Artur Rubinstein(1887—1982)

生于波兰洛兹(Lodz)。十岁时移居柏林,从师于李斯特门下的卡尔·巴特(Karl Barth)。一八九九年在波茨坦初试身手。翌年一九〇〇年由约阿希姆(Joseph Joachim)指挥在柏林初次登台。一九三七年为逃避纳粹迫害移居美国。一九七六年退休前,一直积极从事演奏活动。

离开日本两个月,在外国一个偏僻地方一个劲儿闷头写小说。那种时候一般总是黎明起床,整个上午用来写作,下午放松下来,或做运动,或听音乐,或者看书。写小说是一种非现实行为(当然是就我而言),无论如何都需要在某个时期彻底离开日常性现实。

这一时期最适合读书,就把过去没时间读的书归拢起来塞进旅行箱。这次带的是斯蒂芬·雷曼和马里昂·费伯写的鲁道夫·塞尔金传记:《鲁道夫·塞尔金:生涯》(Rudolf Serkin: A Life,牛津大学出版社)。书刚刚出版,作为附录带有收录塞尔金宝贵演奏的CD(音质不好,弹的居然是肖邦的练习曲集)。顺便说一句,此外以前在旧书店买来后一直没有翻开书页的阿图尔·鲁宾斯坦的自传《我的年轻岁月》(My Young Years,克诺夫出版社)也带在身上,打算趁机读完。这本书是一九七三年出版的(日译书名为《华丽的旋律——鲁宾斯坦自传》,德丸吉彦译,平凡社,1977年)。

无论看哪一点,塞尔金和鲁宾斯坦都是形成鲜明对照的钢琴手。说纯属两个极端也好什么也好,反正,世界观和个人特有风格如此不同的组合此外基本没有。就连托斯卡尼尼和卡拉扬的共通点也好像比这两人略多一些。所以——或许该说所以——一般说来,喜欢鲁道夫·塞尔金演奏风格的人似乎有以"过轻"这一理由排除阿图尔·鲁宾斯坦演奏的倾向。相反,喜欢鲁宾斯坦演奏风格的人好像觉得塞尔金的演奏"古板单调"敬而远之。或者,更多的人可能不是二者取其一,而是根据演奏曲目分开听这两位钢琴手。总的说来我也是这样。迄今为止,贝多芬听塞尔金,肖邦听鲁宾斯坦。舒曼、勃拉姆斯和莫扎特则是两边挑着听。

鲁宾斯坦留下的唱片中我最爱听的是舒曼的《狂欢节》;塞尔金那边最喜欢的——或者莫如印象最深刻的,到底是贝多芬的奏鸣曲。尤以那首《"槌子键琴"奏鸣曲》(Hammerklavier)为佳。塞尔金磕磕绊绊、粗粗拉拉的《"槌子键琴"奏鸣曲》听起来固然累人和难以忍受,连自己都不由得出一身汗,但肯定有东西留在心里。体验过塞尔金的演奏——体验一词恰如其分——之后,其他钢琴手无论演奏得多么不同凡响,也还是觉得美中不足。

另一方面,鲁宾斯坦的《狂欢节》宛如春风拂动河边的柳枝,弹得随心所欲一气呵成,可是越听越让人觉得《狂欢节》非此莫属——轻柔而有足够的说服力。所有的表情都栩栩如生、轻松自然、了无破绽。尽管难度相当大,然而难度并没有流露于外。这方面两人的个人风格形成绝妙的对比。

鲁宾斯坦和塞尔金两人,年龄诚然相差十六岁(鲁宾斯坦一八八七年生,塞尔金一九〇三年生),但出生的环境惊人地相似。两人都是东欧出身的犹太人,双方的父亲都缺乏生活能力,事业失败,而且多子,少年时代不得不在贫穷中度过。两人的母亲也都出于"不想再要孩子了"这个理由而不希望他们出生,而认真考虑堕胎(事实上这点作为心灵创伤留了下来)。极端说来,他们两人生下来的世界绝非阳光灿烂,成长的环境也不同他们卓越的才能和知性相匹配。

鲁宾斯坦降生于俄罗斯帝国统治下的波兰,塞尔金降生于奥匈帝国统治下的波希米亚的一隅（只是，父亲的出生地与鲁宾斯坦同是沙俄属下的波兰）。两人自幼表现出非凡的音乐之才，作为神童钢琴手为周围瞩目。塞尔金九岁时，得到访问当地的有名的小提琴手的赏识，把他带到维也纳。同样，鲁宾斯坦十一岁时被小提琴手约瑟夫·约阿希姆发现其才华，前往柏林。两人都在尚未懂事时就远离家庭，以私人学生待遇接受严格的英才教育，在这一过程中度过多愁善感的少年时代。

但是，两人对新环境的反应有相当大的差距。自然之子鲁宾斯坦自幼对来自上边的压抑一贯采取反抗性态度，对于将普鲁士式生活价值灌输给自己的海因里希·巴特（Heinrich Barth）教授［彪罗（Hans Von Bülow）的嫡系弟子，曾经的著名钢琴手］始终怀有抵触情绪。巴特教授以自己的方式引导和爱着小阿图尔，但他不承认肖邦和德彪西等非德国音乐的价值，而将“二级凡庸”的德国音乐强加于人——小阿图尔对此无论如何都无法顺从。由于巴特教授不收学费，又热心照料，抱怨自是抱怨不得，但从早到晚反复做机械性练习的禁欲式人生，实在与其天性不符。有一天老师骂他：“像你这样不好好练习、成天吊儿郎当的家伙，最后要惨死在脏水沟里！”小阿图尔再也忍不住了，他像河堤决口一样彻底批判恩师，将一直闷在心里的话一吐为快：

“老师，很遗憾，你不理解我这个人，根本不理解我本来的性格。你希望我度过和你自己一模一样的人生，但在下实在难以接受。我想的是，如果能活上充满快乐的一个星期，往下死了也无所谓，我就是这样的人。与其拖泥带水度过和你同样的人生，还不如死在脏水沟里。你每日从早到晚忙着工作，没有愉快的感受，教那些基本没有才能的学生，也不去哪里旅行，总是一天天愁眉苦脸地苦熬。即使从音乐角度看，也充满顽固不化的偏见。既没有好奇心，又对新东西不感兴趣。对你以前给我的关照我深表感谢，可是这样的生活我再也无法忍受了。往后我要一个人随意活下去。”（概要。实际发言长得多。）

如此慷慨陈词不留余地，自然无可挽回了。从此往后只能独自靠两只胳膊十根手指活下去。如此这般，阿图尔·鲁宾斯坦以十六岁弱冠之龄拉开波澜万丈的钢琴手生涯。

另一方面,鲁道夫·塞尔金的少年时代也决不风平浪静。九岁离开父母膝下,孤苦伶仃来到大城市的他,苦于孤独,苦于夜尿症。师兄乔治·塞尔(George Szell)甚至欺侮他,叫他"呃,塞尿床"(这是我瞎说)。尽管如此,他还是在十二岁那年在维也纳开了音乐会,弹奏门德尔松的协奏曲,获得作为神童钢琴手的定评。其后他也作为"专业钢琴手"连续弹奏了贝多芬的第三号、格里格、莫扎特的c小调和其他正规的协奏曲。这里边也有这样一个原因,那就是他必须通过用开音乐会所得的收入——尽管不是他本来的愿望——支撑贫困的家庭。鲁道夫这时就已对没有生活能力的父亲不抱希望,而开始强烈寻求新的父性(可以依赖的精神支柱)。

第一次世界大战临近结束的时候,十五岁的塞尔金同四十四岁的作曲家勋伯格结为义父义子,尊其为师,纵身跳入新音乐浪潮之中,而将以前演奏的古典音乐作为过去的东西一刀两断。此后两年时间里,他作为以钢铁一般团结的"勋伯格小组"的一员非现代音乐不弹。塞尔金对勋伯格的绝对皈依持续时间不长,两人随后断然决裂(归根结底,塞尔金对只演奏尊师勋伯格的音乐感到厌倦了)。不过,少年塞尔金所寻求强力父亲形象——尽管是部分的、过渡性的——还是由勋伯格承担了。同勋伯格诀别不久,塞尔金得到德国最有名的小提琴手阿道夫·布什为知己,依靠他前往柏林。布什留他住在自己家里,像对待亲生儿子一样热情照料。不久,塞尔金同布什的女儿结婚,名副其实成为布什家的一员。

艾萨克·斯特恩(Isaac Stern)在一次采访中问塞尔金:"在音乐上对你影响最大的可是(义父)阿道夫·布什?""NO,"塞尔金对此明确回答,"对我影响最大的是勋伯格,布什把它加强了。"据塞尔金介绍,勋伯格彻底灌输给他的是追求事实真相的真诚,是客观性,是不妥协的明晰性和正确性。而为了这些,就必须付出无限的努力和牺牲。舍弃所有多余的东西,仅仅清心寡欲地追求音乐——简单说来就是这样。对于完美主义的不懈追求,这自始至终是鲁道夫·塞尔金的基本音乐理念。自不待言,这同鲁宾斯坦的音乐观大异其趣。

一如书名所示,鲁宾斯坦的自传是关于青春时代的回想,叙述截止于一九一七年。再往下写在续篇《我的岁月》(My

Many Years，日译书名为《鲁宾斯坦自传》（上、下），木村博江译，共同通讯社，1983－1984年）。但这本书反正也只写到三十岁时为止（不过具体事实记得十分清楚。莫非写日记什么了不成）。

此后，鲁宾斯坦作为一个人、一个音乐家迅速成长起来，以更为一丝不苟的姿态追求音乐，成为真正的大家。不过，至少在这本书所叙述年代里他对练习简直厌恶到了极点。对着钢琴弹自己喜欢的音乐，即使日以继夜也不在话下，而若是被迫认真练习的东西，不到一个小时就烦了。音阶练习、高难度部分的反复练习都让他头疼。所以，对繁琐的地方他适当"蒙混过去"，惟独感情毫不含糊，酣畅淋漓一泻而下。较之细部的准确，更以宏观取胜，仿佛说"将音乐本身充分表达出来不就可以了么！"尽管如此，由于他才华横溢，绝大多数人都听得如醉如痴。甚至能进行细部辨析的专业评论家很多时候都被蒙在鼓里。尤其女性，仅听其演奏身体都变得莫名其妙（大概因为充满费洛蒙那种东西吧），当即踉踉跄跄把持不住。贵族和富人们争相袒护他，给予经济援助。他还和许多名人相识。的确，过这样的生活，恐怕很难有心思进行什么音阶练习。我因为没有实际经历过那样的生活，作为我也倒是只能想象。

鲁道夫·塞尔金的人生位置距鲁宾斯坦的人生相当辽远。想必他本来就是缺少费洛蒙那类体质的音乐家。总之练习、练习、再练习,处于勤学苦练的世界。以下是瓜奈里弦乐四重奏组第一小提琴手施泰因哈特(Arnold Steinhardt)的回忆。

"万宝路音乐节我下榻的建筑物附近有座由车库改建的小屋,有个钢琴手每天一大早就在那里练琴。差不多每天都给琴声吵醒。钢琴手以慢得不得了的速度反复做音阶练习,听得人十分不忍。到底谁弹的呢?我感到纳闷:无论怎么想都不可能是音乐会的表演者。只是反来复去做中级水平的音阶练习罢了。这个程度的家伙是怎么会被允许在这里练习呢?可是,运指速度慢慢快了起来。噢,好像多少有了进步,我迷迷糊糊地想。不料我再次睁眼醒来时,那个钢琴手好像判若两人,此刻正以全速弹奏。而到全速弹奏竟花了那么长时间,长得让人忍无可忍。第二天早上,同一情况照样重复一遍。以蜗牛般的速度开始音阶练习。我在被窝中再次心想:到底谁给他在此练习的许可的呢?不像话!"

后来一个机会使他发现,原来那位“中级”钢琴手其实是鲁道夫·塞尔金,不由得大吃一惊。施泰因哈特甚至这样指出:这种不知疲倦的完美主义,正是演奏家塞尔金的伟大之处,同时也成了一个弱点。

> “其他钢琴手都说‘舒伯特这首奏鸣曲的这个部分只能这样弹,别的弹法不可能弹好’。但鲁迪(Rudy,塞尔金的爱称)不这样认为。‘那太简单了,’他说,‘我不打算走简单路线,我不相信简单路线。这部作品太精彩了,精彩得不至于简单。所以,我要独辟蹊径,想确认一下那前面有什么。’那条蹊径常常把他领去美妙场所,但有时不领去。”(着重点为笔者所加)。

这就是鲁道夫·塞尔金的音乐。决不驾轻就熟。假如演奏一部作品有简单路线和困难路线,那么,纵使听众听不出其区别,他也毫无疑问选择困难路线。“这个人何苦像中世纪苦行僧那样有意折磨自己呢?为什么就不能更自由、更自然地演奏呢?只要他有意,就应不在话下。”周围人为之歪头沉思。听他留下的演奏当中我也每每那样想。不过恕我重复，那就是鲁道夫·塞尔金的音乐。当他探索的困难路线成功之时(较之成功,当然不成功的多得多),那就不单单是音乐,而是一起“事件”。听众将在眼前实际目睹和体验他的挑战。大凡身临其音乐会的人都异口同声地表示:听现场演奏远比听唱片让人感动。他晚年来日本的时候,前去听其演奏的一个熟人这样说道:“弹错的地方多,多得一塌糊涂。不过么，反正就是能让人怦然心动,他的音乐。”

弗拉基米尔·霍洛维茨一次被人问道:“假如你不是弗拉基米尔·霍洛维茨,那么你想成为什么样的钢琴手呢?”他当即回答:“鲁道夫·塞尔金。”想必塞尔金具备霍洛维茨百求而不得的特别资质。不用说,霍洛维茨也具有塞尔金百求而不得的特别资质。

当然,这终究不过是我的推想,年轻时的塞尔金那颗温柔的心,作为烙印,恐怕还是有勋伯格和阿道夫·布什等之于他堪称“替代”父性等人给予的教诲——那是强烈的烙印——他遵循其教诲,想以尽可能高的水准满足那些要求,并以此作为他终生奋斗的目标。对于在成长过程中无论怎么追求都未能实际得到的作为精神支柱的父亲形象，他不得不在“音乐的完美性”这一概念中追求。如此推想，我们就不能不在这位温厚而诚实的钢琴手身上感受到某种令人不忍的痛楚。波希米亚出生的他终其一生都在纯然追求德奥文化圈的价值观，有可能也是因为他在那里发现了父性形象。

“像你这样功成名就的大家，为什么每天将那么长时间用于练习呢？”一次有人这样问塞尔金。他这样答道：“我不是natural（天生的）钢琴手，也从来不是natural钢琴手。对我来说，那是经历千辛万苦的结果。如果不认真练习，就不可能好好演奏。我想绝大部分钢琴家都是欢欢喜喜上台的，可我一次也不曾有过，哪怕一次。而既然要在人前亮相，那么我想至少准备要做得充分一些。也正因为如此，才得以保持一定的水准。灵感指望不得，那是神的恩赐。不过，假如灵感会给我带来什么，我至少要做好接受它的准备。”

这是非常谦虚的表达。相比之下，鲁宾斯坦恰恰是天生的natural钢琴手。本人也承认这一点，在自传中也不止一次重复如此旨趣的说法：我是natural钢琴手、natural音乐家。他这个人，即使一无所有，而只要坐在钢琴前随心所欲弹自己喜欢的音乐,也能感到无上幸福。而且,所弹音乐既能使自己幸福,又能让别人快乐。这一势态,同鲁道夫·塞尔金,有霄壤之别。

鲁宾斯坦和塞尔金同样,自小离开父母,被收养在别人家里。但他对这点好像既没感到特别难受,又没觉得多么寂寞。当然,毕竟是孩子,孤苦伶仃的无奈和焦燥感固然是有的,但总的说来,为离家孤身一人独处感到轻松那样的表述更多一些。父性那个东西,对于他莫如说令人郁闷的东西。他在柏林度过了少年时代,但普鲁士式的父权性几乎没有引起他的兴致。对强加于己的价值观感到不满,差不多所有的事都以自己的方式处理。这方面与塞尔金截然不同。久居柏林,虽然对优秀的德国音乐及德国其他文化怀有敬意,但意识的主轴不曾向德国那边过度倾斜。永远让他心往神驰的,归终是他的母国波兰大地,是那里四季飘香的文化风土。他虽然对现实中的母亲似乎多少感到头疼,但依我的印象,鲁宾斯坦基本是始终一贯追求母性存在的人。

从十几岁开始,鲁宾斯坦就在华沙有一个年长的恋人——年龄上说是他母亲并不奇怪——当然是久经情场的已婚女子。不仅如此,很快又和那位女子的女儿(比他年长,同是已婚女子)有了肉体关系。然而,卷入如此错综复杂的三角关系后他也没有感到多么伤脑筋和不方便。他以类似“也就那么回事”的感觉面对现实,一切听之任之。受到对方女儿丈夫方面的盘问,他反倒来了脾气,甚至挑起决斗风波。想来事情未免过分,但这并不意味鲁宾斯坦不道德或人格上有缺陷(当时多数人当然都这么看待)。对他本人来说,那想必是自然而然的流程。他心中的世界恐怕是通过同时得到母女两人的肉体才得以完成的。母性与对抗母性的东西融为一体,形成一个之于他的圆满循环。而对于周围正常的市民,估计是件头疼事。

下面举个例子,说明鲁宾斯坦是多么 natural、多么快乐的钢琴手。这方面的趣闻实在太多了,举不胜举,这里只举一个。

一九一四年夏天,正当他去英国巡回演奏的时候,第一次世界大战爆发了,致使他无法返回波兰。战败将他和祖国隔开。于是,二十六七岁的鲁宾斯坦为了挣生活费而常常去中立国西班牙巡回演奏。所幸,西班牙听众对他的演奏听得如醉如痴。路过科尔多瓦时，在导游的劝说下，他去了一家高档妓院。导游说“科尔多瓦的妓院很有名，哪怕见识一下也好……”地方的确不一般，顾盼生辉的漂亮姑娘露出苗条的大腿推销自己。无奈又累又热，根本上不来情绪。

“干(dry)过头的雪利葡萄酒、夏天的炎热、浑浊的空气，加上语言不通，弄得我怎么都上不来性欲。可是，我天生的虚荣心，不容许我这么年轻就被女人看成(大概)阳痿。为了让她们心生敬意，只能在此亮出音乐来。我掀开那里的钢琴盖，开了一场即席音乐会。西班牙音乐《卡门》中的歌曲、维也纳华尔兹，想起什么弹什么，只管弹个不停。反正大获成功。感觉上即使称为启示录般的伟大胜利也未尝不可。女子们异常兴奋，围上来紧紧拥抱我，热吻如雨点一般落下。妓院老板宣布免收我的饮料费，随便睡哪个女子都行。我当然郑重地谢绝了。但要我在钢琴上签名我没法拒绝。我多少带着自负在那里留下了签名。作为一个愉快的夏日午后的证人，但愿那架钢琴仍放在同一场所。”

至于鲁道夫·塞尔金，即使有人说“不那样做世界就得完蛋”，他也不会为了讨女人欢心而在妓院大弹钢琴，更不会在乐器上签名。但不管怎样，这个趣闻告诉我们这样一个事实：一旦在钢琴前面落座，鲁宾斯坦就能够将自己的心情极为自然极为自在地形露于外，能够实实在在驱动周围人的心。完全可以说是天造地设的奇才。即使不正经练习，他也能够一口气背出极长的乐曲。在音乐会上即使忘了一部分乐曲也能适当掩饰。

下面是十二三岁时的趣闻。少年鲁宾斯坦在柏林举行音乐会大获成功。听众兴奋，大声求他再弹一曲。台后的巴特教授命令他加弹门德尔松的《二重奏》(《无言歌》中的一曲)。一首尽人皆知的小乐曲。

> “那时我彻底放松下来，陶醉于胜利之中，以致把不得看观众的脸的忠告忘个精光。我朝观众席上的朋友们报以微笑。脑海里一边这个那个转动音乐以外的事，一边开始弹奏。‘呼嗵’一声，危机出现了：脑袋一片空白，音符一个也想不起来。想起来的只有要弹的是 A 大调。

心脏僵止不动。而我的手指却没有停止，继续即兴演奏，以A大调让主题膨胀开来。不坏！可那已经和门德尔松的音乐毫无关系。我适当转了几次调之后，为了加入对比而捏造了小调第二主题。并在那个主题打磨了一阵子后重新回到浪漫的A大调。最后来个纤细的琶音(arpeggio)，利用弱音踏板以最弱音(pianissimo)弹奏。

理所当然，听众没听过这样的乐曲。所以完全蒙在鼓里，给了我不亚于刚才的狂热掌声。总算虎口脱险，却已"冷汗三斗"，根本顾不上回礼。想到下台后要遭遇能把我射杀的目光，吓得浑身发抖。所以，当巴特教授并未挥斧飞扑上前，反而热情地握住我的手，闪着幸福的目光这样大叫时，我打心里往外吃了一惊，我至死都不会忘记我的惊讶。他这样叫道：'你虽然是个无可救药的家伙，但反正是个货真价实的天才！我就是花上一千年，也弹不出你那个样子！'"

鲁宾斯坦自传中出现的，便是这么令人热血沸腾的武侠传奇。这样的故事纷至沓来。若说他自吹自擂也就罢了，让人禁不住歪头生疑的地方的确是有的。不过,每一个趣闻都活色生香,读一读都觉得心旷神怡。与此相比,塞尔金的传记全是周围人的证词,证明他的确是个刻苦练习的人。“音乐会上未必提供好钢琴,必须平时就做好习惯那种状况的准备”——出于这样的理由,他特意在自己家里放一架状态恶劣的钢琴,每天用来练好几个小时。来塞尔金家玩的钢琴手都说那架钢琴根本不能演奏。听起来好像是星飞雄马为了练出魔球而带矫正器的故事①,总之他这人性格就是这样。

钢琴演奏家理查德·古德(Richard Goode)记得塞尔金曾这样评论鲁宾斯坦和施纳贝尔(Artur Schnabel)(两人都是中欧出身的犹太裔):

> “塞尔金对施纳贝尔明显采取批判性态度。他就施纳贝尔和鲁宾斯坦(那以前我从未考虑过两人属同一范畴)发表了有趣的见解:‘他们两人都具有自爱那样的东西。众所

---

① 星飞雄马为日本漫画《巨人之星》中的超级投手,为了练出“魔球”而在上半身佩带金属矫正器。矫正器有强有力的弹簧,能限制肢体活动。

周知，自爱那个东西可以有很强的传染性。’他是将自爱作为积极资质阐述的。他没有明确说自己没那东西，但肯定是想那样说的。想必他觉得，假如自己有那样的东西，很多事情就可以轻松些。但实际他不具有，因而也没能给予学生。对塞尔金来说，那是应该呈现疑义的、含有矛盾的东西。为什么呢？因为人总是追求完美，但另一方面，即使做得再完美，那里也无论如何都有矛盾产生出来——哪里都不存在同什么相比而完美这一坚实的基准。”

鲁宾斯坦评说（类似评说）塞尔金的例子只找到一个。塞尔金在佛蒙特（Vermont）自家住宅干农活是有名的逸闻趣事（连拖拉机都有）。有次采访把两人弄错了，当就农活问鲁宾斯坦的时候，他笑着回答：“农夫是塞尔金，我是钢琴家。”

塞尔金一次接受采访时被问及鲁宾斯坦同年龄小得多的女性（很难说有多么道德）闹出桃色新闻一事，他这样答道：“他一直那么生活过来的。现在又何必改变那样的生活方式呢？”塞尔金是在严格的标准下生活的人，但没有把同一标准套在别人身上。

两个人在生活方式和世界观上便是如此大相径庭。不过读两人的传记(自传),让人同样切切实实感觉到这样一个事实:在第二次世界大战开始前的欧洲大陆,存在以富裕的犹太人为中心的犹太人独有的都市文化,而且非常活跃和富有成效。塞尔金也好鲁宾斯坦也好都被那种文化网筛选出来,成为伟大的钢琴手。倘有生在贫困家庭的有才华的犹太孩子,文化意识高的富人(新兴资产阶级)便主动伸出援助之手,有时还领到自己家里使其才华得到发展。当然,慷慨伸出援助之手的并不限于犹太人(无论关照塞尔金青年的阿道夫·布什还是无偿给予鲁宾斯坦少年以熏陶的巴特教授都是德国人),但犹太人之间相互扶助的气氛格外浓厚,根深蒂固。在严重歧视犹太人的中欧到东欧广大地区,这一倾向尤为明显。鲁宾斯坦和塞尔金这两位钢琴手以至其他许多优秀的犹太演奏家,之所以在当时的欧洲接连出现,乃是因为有这样的土壤存在。那种肥沃的文化土壤由于大量屠杀犹太人(holocaust)而在短期内被连根拔除,冷酷地切断传承命脉——读到这部分时令人感到痛心。

不过，鲁宾斯坦在自传中鲜明生动地刻画了十九世纪末到二十世纪初欧洲各大都市华丽的风姿，读来令人心仪。鲁宾斯坦出生在那种绚烂成熟的文化状况下，凭借横溢的才华和无尽的好奇心，作为年轻的世界公民（Cosmopolitan）自由自在地操着德语、法语、英语、俄语、波兰语大胆横渡那片辉煌灿烂的“丰饶之海”。那里当然也有挫折、失望和悲苦，但极为粗略地说来，鲁宾斯坦见到的世界是由希望、可能性和坚强意志所支撑的，同时由美丽的音乐、美酒和女性们的体温装点而成。

相比之下，塞尔金活在（或不得不活在）第一次世界大战后混乱不堪的维也纳、柏林，情况十分严峻。无论政治上还是音乐上都有剧烈的纠葛，都有苦恼和尝试性错位。经过千辛万苦的努力，他由光彩夺目的神童转变为成熟的演奏家。由于阿道夫·布什强有力的指导而在德国主流乐坛站稳脚跟。好不容易喘一口气之时，纳粹对犹太人有组织的迫害开始了。犹太音乐家也开始到处受到非难。他和布什一家不得不违心离开德国，始而移居瑞士，近来迁往美国，从遥远的美国不断寄钱，以帮助——哪怕多帮助一个也好——在祖国面临危机的亲属和犹太朋友顺利逃往国外。义父布什在美国作为音乐家未能像塞尔金那样获得成功,在这方面塞尔金也必须这个那个不断照料。多苦多难的人生!

当然,鲁宾斯坦和塞尔金这两位钢琴手身上,天生性格的差异是有的,这点毫无疑问。但另一方面,不同世代的时代精神也的确在其人格形成的过程中投下了浓重的影子。纵使降生在“东欧贫苦犹太人的孩子”这一大同小异的环境中,十六年这一两人年龄之差也含有超除这个数字的意味。欧洲成熟的贵族社会及其孕育的丰富文化由于血腥的第一次世界大战和俄国革命而在实质上落下了帷幕。但鲁宾斯坦在最为多愁善感的时期充分领略了其最后的辉煌。塞尔金却无此幸运。两人间横亘着划时代的鸿沟。

写这篇文稿之际,我把家中鲁宾斯坦和塞尔金的唱片和CD归拢堆在桌面上,不由得生出绝非矫情的感慨:没想到竟有这么多!两人都是老牌演奏家,录音数量自然多。作为我也并非刻意收集两人的演奏,但不觉之间还是攒了不少。

就演奏曲目而言,鲁宾斯坦明显比塞尔金范围广。塞尔金的曲目差不多完全限于德奥方面的音乐,但鲁宾斯坦此外还有肖邦这样好比定期存款的绝对值得信赖的母国同胞。不仅如此,法国音乐和俄国音乐也一网打尽。不过,就好像要弥补曲目面窄这个缺陷似的,塞尔金将同一作品再三再四反复录音。哥伦比亚唱片公司也毫无怨言,一忍再忍地奉陪到底。制作人也好像没有说过这样的话:“哦,又和奥曼第(Eugene Ormandy)一起鼓捣贝多芬协奏曲?最近不是刚刚弄过吗?偶尔也换换心情,来个柴可夫斯基什么的如何?”

多年担任他录音制作人的哥伦比亚唱片公司的托马斯·弗洛斯特(Thomas Frost)这样说道:“什么时候录什么曲子,记得那总是由塞尔金提出。哥伦比亚方面提出的时候一次也不曾有过。而且,哥伦比亚否决塞尔金提案的事也从来没有。”真是个悠哉游哉的美好时代啊!定金数额诚然比现在少,但唱片公司不啰啰嗦嗦不说三道四。艺术家的意志得到尊重,较之合同书,更是以握手“一握定音”。塞尔金的唱片卖得“一般般”,根本达不到霍洛维茨和鲁宾斯坦那样的摇钱树档次,但哥伦比亚始终待以郑重的敬意。如今的音乐交易,怕是不至于有这样的事吧。

举个例子。关于勃拉姆斯第二号协奏曲，塞尔金在哥伦比亚录制了四次。前三次都由尤金·奥曼第指挥的费城管弦乐团（同一乐团很难区分，倒是有些伤脑筋）伴奏，第四次则同乔治·塞尔指挥的克利夫兰（Cleveland）管弦乐团携手。想必相当喜欢此曲。但另一位钢琴手鲁宾斯坦也不示弱。他从十几岁时就对此曲情有独钟，一生中录制了四次。家里各有其两张唱片，心想机会正好，就连续放在唱机转盘上。是很不错啊！就这首降 B 大调协奏曲而言，鲁宾斯坦、塞尔金两人的演奏都很出色，难分高下。四张连听也听不厌。

鲁宾斯坦方面，我个人喜欢他同约瑟夫·克里普斯（Josef Krips）指挥的 RCA 交响乐团的联袂录音（LM2296·LP，1958 年录制）。世人好像没怎么予以评价，但那是格高调正的演奏，心情从头到尾都整个融入音乐之中。虽是旧日录音，激情却鼓涌而来。与此相比，同弗里茨·莱纳（Fritz Reiner）合作演奏的唱片虽然风格独具，但对音乐的把握在整体上不无老套，尽管那也自有其韵味。对鲁宾斯坦这个人，世间似乎将他视为肖邦专家，但他演奏的舒曼和勃拉姆斯，同演奏肖邦时相比，又别有一番心机。

塞尔金方面,到底还是同乔治·塞尔合作演奏的唱片充满最为深邃的精神性。相比之下,同奥曼第携手的那张(立体声录音),目光则更积极地投向此曲充盈的明快感,每次拐弯时都有新鲜的惊叹,较平时的塞尔金有某种微妙的差异。比较而言,同塞尔合作的唱片具有“去该去的地方”那种厚重的北德传统的(或者正常位式的)宽释感。至于选择哪个,完全是喜好问题。如果叫我二者选其一,我倒是选塞尔金的演奏。

“钢琴音色那玩艺儿怎么都无所谓”——从塞尔金这种禁欲式姿态来看,我觉得他同以绚丽多彩的音色为亮点的奥曼第指挥的费城管弦乐团好像不对脾性,但实际上塞尔金对奥曼第创造的音乐似乎由衷钦佩,个人方面也同其结下盟友般的关系。五十年代至六十年代,他在佛蒙特州和费城之间频繁往来,演奏和录音方面都很卖力气。至于乔治·塞尔那严谨而痛切的演奏风格和塞尔金的音乐,感觉上似乎一拍即合,但塞尔来美国之后也依然演奏类似维也纳时代的前辈那样的东西,作为塞尔金未免有些心神不定。而且相对说来,从活在平民式幽默感之下的塞尔金看来,总是显得郑重其事的塞尔的拘谨性格,也许叫他感到无所适从。人的脾性这东西真是一言难尽,尽管在音乐上我想两人是比较合得来的。对齐尔不惜给予高度评价的,莫如说是鲁宾斯坦方面。

碰巧前后看了这两本书,把家里的唱片也集中重新听了一遍,使得我过去极为一般性品听的鲁宾斯坦和鲁道夫·塞尔金这两位已故钢琴手的演奏开始作为有血有肉、怀有憧憬、矛盾和缺陷的两人各自精神的产物活生生站立起来。可能有人说只要作为音乐纯正优良,其他怎么都无所谓。那当然是正论。但我很想——我是小说家或许也是一个原因——以音乐为媒介更加密实地了解其周边人们的生命存在方式的感情。看了这样的书又听了音乐,我的心情变得很愉快,好像捡了一个什么便宜。但愿也有这样的音乐品听方式。

Serkin, Brahms: Piano Concerto NO. 2
(Columbia ML5491)

Rubinstein, Brahms: Piano Concerto NO. 2
(RCA LM-2296)

# 温顿·马萨利斯

## ——他的音乐为何(如何)枯燥?

Standard Time VOl. 2
Intimacy Calling( Columbia 47346)

### Wynton Marsalis( 1961—　　)

生于新奥尔良。八十年代作为阿特·布雷基与爵士信使乐队的一员闪亮登场。同时作为爵士乐回归传统路线的旗手崭露头角。在古典音乐领域也有作品问世。曾担任林肯中心爵士乐团(Lincoln Center Jazz Orchestra)音乐总监,一九九七年获爵士乐界第一届普立策奖。

如果允许我从私事(恐怕没多大意义)谈起,那么,听得温顿·马萨利斯这个名字,我首先想起被猫咬的事来。

一九九一年初至一九九三年夏,我住在新泽西州普林斯顿的普林斯顿大学教职员宿舍里。木结构平房,采光不太好,到处有霉味儿。学校有一座名叫麦卡特剧院的老音乐厅,时常有音乐会。普林斯顿这个镇没有任何堪称娱乐设施的设施。美丽诚然美丽,但毕竟是乡间小镇,生活实在单调到了极点。因此,能有这样的音乐活动,简直可以说是旱天甘霖,作为我真是谢天谢地。也是因为有从纽约开车才一个小时多一点儿这个地利,从古典到摇滚,各种各样令人饶有兴味的演奏家接踵而至。由于音乐厅不大,交响乐队那样大型的自是没有办法,但另一方面,气氛融洽而知性的演奏则不在少数。

温顿·马萨利斯的小乐队将来此演出。说起温顿·马萨利斯乐队,当时(现在也大概如此)可是气势如虹的头号乐队。我当然很早就买了预售票,盼望这场演奏。不料,演奏前一天夜里在宿舍前的草坪院子里抚摸偶尔路过的一只花纹猫时,猫突然咬在我手上。本来摸得它咕噜咕噜叫来着,后来好像哪里一下子不舒服起来。也罢,对我来说,被猫咬是家常便饭,那时没怎么当回事。不料,跟左邻右舍一说,都劝道:"春树,那不得了,赶快报警!"

警察马上来了。"那是什么样的猫?你认识的猫?长的什么样?"——如此一一询问一遍(面对手持大大的自动手枪的满脸严肃表情的警察详细描述猫的长相,这点无论谁怎么说都够傻气的了)。我当即被警车拉去急诊医院接受狂犬病治疗。护士问我:"你,可打过 Tetanus 疫苗?"Tetanus 意思是"破伤风",但我当时不晓得这个词:"你说什么?"结果,"麻麻烦烦的,反正两个一齐打吧!"于是让我趴在床上,用给马打针那样的粗针头总共打了六针。胳膊两针、腿两针、屁股两针。现在还为这点事发牢骚自是无济于事,不过不是开玩笑,那针可真够痛的。痛得我差点儿当场站不起来。

给猫咬了为什么如此大动干戈呢?原来,在美国东海岸,与日本不同的狂犬病和破伤风实际成了大问题。说是狂犬病,但不单单指狗,猫啦蝙蝠啦松鼠啦也传播狂犬病,这样的病例很多。所以,时不时有斯蒂芬·金《狂犬库丘》(Cujo)那样的事件发生。去东海岸而又喜欢猫的人务请当心。

总之,这六针打得怕是太厉害了,当天夜里就发高烧,整整烧了一天。整个夜晚都大汗淋漓,哼哼不止。较之得狂犬病或破伤风,自是多少强些,可无论如何也没心思去听音乐会了。这么着,就把温顿·马萨利斯音乐会的票让给了附近一个认识的人。如此这般,势头正劲时候的温顿·马萨利斯乐队的现场演奏活活没有听成,遗憾之至。就因为给附近的猫咬了一口……人生果然有种种遭遇。

事后得知,马萨利斯当时好像用普林斯顿大学音乐厅录制古典音乐专辑唱片来着。毕竟特意来了一次,说顺便也好什么也好,反正最终决定在普林斯顿大学校园开一场音乐会。因此,说不定我们是在大学校园失之交臂的。但当时我压根儿不知道他近在眼前,没注意看。偏巧梅格·瑞恩正在拍摄以普林斯顿大学为舞台的电影《爱神有约》,以致我的注意力全都去了那边。

虽说正规乐队的演奏坐失良机，但稍后由他主持的林肯中心爵士乐团同样在麦卡特剧院举办了演奏会，这回我得以顺利（猫也罢狗也罢蝙蝠也罢都没咬我）前往倾听。这支大乐队基本合我心意。对埃林顿公爵和路易斯·阿姆斯特朗（Louis Armstrong）等人的昔日演奏以现代风格而又大体忠实地加以演绎——以古典说法，也就是类似"本真主义"那样的"新瓶装旧酒"。而我以前就对这种传统爵士乐怀有个人好感，所以听得不亦乐乎："噢，居然有这样演绎法！"埃林顿乐团由保罗·冈萨尔维斯（Paul Gonsalves）演奏的二十七遍叠歌段（Chrus）低中音萨克斯管独奏传说也如实得以再现（辛苦了！），听众席一片沸腾。而若知道来龙去脉，大可来个双重欣赏。

只是，若问我对这支大乐队的演奏想反来复去听多少次，老实话，不大想反来复去了。听若干次就足够了，想做的事大体明白了，谢谢了——我想这点即使就严格忠实原典的古乐器演奏乐队而言恐怕在某种程度也是可以这样说的。如此积极发掘如今只有一小撮爵士乐迷倾听的、已开始被世人忘记的昔日音乐遗产这一努力本身固然有其意义，也值得钦佩，但若反来复去听个没完，心情就会逐渐改变：说到底，不也就是习作嘛！这么说或许苛刻，但这支大乐队的音乐，有的地方就像是脑袋瓜聪明的研究生一挥而就的优秀学术论文。当然我不是说那就不行，但长时间听来多少有些让人肩酸背痛也是事实。而若说是对于非洲裔美国音乐传统的重新评价，就更让人受不了了。

马萨利斯的音乐活动涉及古典和爵士两个方面。但即使在爵士乐活动之中，若将他的小乐队同林肯中心爵士乐团相比，也能看出二者的音乐大异其趣。在前者那里，即兴演奏有很大意义；后者则将意义放在基于考证的编曲和浑融无间的合奏上面。后者的作业，莫如说将古典音乐的 Know How 直接用于爵士乐视野这一意义更大些。此乃饶有兴味的作业。这是因为，将古典音乐的音质、语汇与质感原封不动挪到爵士乐的例子此前诚然很多[例如冈瑟·舒勒(Gunther Schuller)的第三流派(Third Stream)和 MJQ 所代表的约翰·路易斯的音乐或者“爵士巴赫”(Play Bach)]，但将古典音乐的 Know How(方法论)进行结构性移植的例子有可能是第一次。说是对爵士乐古典的“解构”恐怕也未尝不可。这方面处理手法委实高明,使我重新认识到温顿·马萨利斯这位音乐家头脑的聪明和视点的精确,纵然多少伴随肩酸背痛之感。

不过,这种潇洒的方法论或者原典主义,就算在大乐队中卓有成效,但在小乐队以即兴演奏为主的演奏当中,就不肯乖乖就范。这是因为,演奏的自发性、音乐结构的整合性有时会与之互相抵触。自发整合性这东西,说起来类似“低燃油费高性能赛车”,纵然不能说是二律背反,而最初的构想也不无勉强之处。这点是温顿·马萨利斯长达二十余年的音乐活动中始终相伴的苦恼或挫折感——我可是总有这个感觉。他诚然是知性音乐家,但惟其如此,倘若在道理上不能融汇贯通,他这个人是不可能向前迈步的。

不过,先别忙着下结论。

**为什么温顿·马萨利斯的音乐那般枯燥呢**?此乃这篇文章追求的主题。若用略微细致些的说法,那么就是:“为什么此人的演奏枯燥的时候比相反的时候略多一些?”反正我想就这个问题检验一下。

有一点请您理解,我并不讨厌温顿·马萨利斯或者他的音乐。唱片也有不少，事实上也听了很多。对其音乐品质之高，经常高看一眼。并且持续怀有一种期待，期待他的音乐有希望成为之于爵士乐的一个突破口。不仅如此，或许这样的说法带有反说意味——枯燥的音乐并不意味是坏音乐，枯燥的音乐自有枯燥的效用。如果世界上到处充满非同凡响富有刺激性的音乐，我肯定窒息过去。倘允许我说句实话，那么较之基斯·加雷特音乐的形迹可疑，我远为喜欢温顿·马萨利斯音乐的枯燥无味。何况，纵使同样枯燥，感觉上也要比奇克·考瑞阿音乐的枯燥正派得多。

尽管如此，我仍然始终感到不可思议。像温顿·马萨利斯这样具有旷世奇才和非凡感觉的音乐家创造的音乐，为什么**必须如此枯燥呢**？为什么就不能来点儿刺激性呢？

温顿·马萨利斯断然放弃朱利亚音乐学院“特待生”地位，决心作为爵士乐手走上社会。推出第一张唱片是在一九八〇年前后。众所周知，他作为名门乐队阿特·布雷基与爵士信使的一员灌录了几张唱片，作为十几岁的天才小号手让世人大吃一惊。马萨利斯在这些录音中的演奏即便现在听来也分明有其魄力。阅读马萨利斯传记《斯肯的地盘》(Skain's Domain,席默尔图书出版),当时的他对于整个爵士乐的知识意外贫乏(或者莫如说相当偏颇),在那之前甚至阿特·布雷基也一次都没听过。感觉他似乎稀里糊涂:“《Moanin》(悲泣)?《Blues March》(蓝调进行曲)? 那是什么来着?”对于作为乐队理想的“新波普”式强力律动爵士乐(Hard Driving Jazz)也不能完全产生共鸣,甚至妄言“整天尽练这么单纯的曲子真是枯燥无味!”

尽管如此,他在其留下的现场录音中的演奏说自由自在也好无所畏惧也好,总之泼辣到了甚至放肆的地步,很难认为是十几岁少年的演奏。那种自然率性的泼辣颇有出道当时的李·摩根风采,但温顿根本不知道李·摩根,似乎在说“谁?他是谁?”他开始学习爵士乐史和拥有丰富知识(进一步说来,开始用理论武装自己)是那以后的事。当时的他在爵士信使这座著名“学府”里一天天正忙于吸收所有实战性知识和诀窍。而其进步的确令人刮目相看。

乐队的贝司手查尔斯·范布罗(Charles Fambrough)就当时的温顿这样说道:

“反正他是惹人气恼的家伙,动不动就问大家为什么这样为什么那样。但他真正想说的是:本该这样的时候为什么那样?也就是说他不从正面说最好这样,而是代之以那种挑衅性发问。我和阿特倒是听那类问答听得津津有味。对我和阿特到底没有提那样的问题(原注:两人年长得多)。至于温顿想的什么,那我们是不知道的。所以任其为所欲为。不过,他虽是个惹人气恼的家伙,但给乐队很大启发,只不过方式惹人气恼罢了。况且,他的意图是讲得通的东西。那是我对温顿最有好感的地方。

“尽管他对别人多嘴多舌说三道四,但那是出于使命感,是想让音乐、音乐环境变得更好些。可以说,温顿就像是 Social Policeman(义务警察)似的。”

讨厌毒品的温顿对在音乐会上犯毒瘾的大腕布雷基曾有意问道:“为什么做那样的事?”惹得布雷基皱起眉头。若说多管闲事倒也罢了,但那是因为音乐至上的他无论如何也忍受不住由于布雷基犯毒瘾而使得节奏多少慢了半拍,结果冲口而出。说十几岁时就一本正经也好,说爵士乐“原教旨主义”也好,反正他是个不肯通融的人。

自不用说,温顿真正能够演奏自己追求的音乐是在离开爵士信使而率领自己的乐队之后。那是包括长他一岁的哥哥布兰福德·马萨利斯在内的一支蓬勃向上的双管五重奏乐队。那么,当时的马萨利斯追求的音乐到底是怎样的东西呢?那基本是六十年代前半期(即电声乐器出现之前)迈尔斯·戴维斯五重奏设定的风格,以迈尔斯、肖特、汉考克为核心的所谓“新主流派”爵士乐。假如那支五重奏乐队不曾电声化且领衔人物的技术不曾衰退而原来的风格得以存续,那么今天会演奏怎样的音乐呢?这就是温顿心目中的理念(温顿像讨厌狂犬病一样讨厌电声化爵士乐。迈尔斯和汉考克也认为“那是为了钱而将灵魂出卖给了恶魔”,想法相当极端)。

作为理念,我觉得是非常有趣的。而且,那种假说式尝试在音乐上也相当成功。照例以“本真主义”手法对原曲进行了极其巧妙而洒脱地沿袭、验证和分析。那种手法你可以喜欢可以不喜欢,但客观看来,打造出了高品质爵士乐。记得最初听这张唱片时,感觉出了同其姿态的保守性截然相反的奇异的新鲜韵味,一个新的出乎意外的胎动就在那里。洁净、静谧的战斗性、敏锐的知性、极其洗炼的出色技巧——这些足以吸引我的耳目。如今听来,说经年恶劣化也好什么也好,不无虚假的、做作的东西到底触目可见。但毕竟是"新手"之作,某种程度上大概也是没有办法的事。

不过与此同时,我觉得温顿·马萨利斯音乐的中心恐怕本来就含有这种做作部分。说一本正经也罢说煞有介事也罢,反正此人的演奏(或者说法)几乎所有场合都含带"怕是有点过头了"这种过剩性。这方面无论如何都要给听的人以做作的印象。头脑聪明,举止潇洒,能言善辩,却又总好像有些土头土脑。那必然同迈尔斯·戴维斯那"酷酷"的、经过大都市洗礼的音乐形处于两极。那种不无做作之处如果同正面意义上的幽默相结合或者使之具有质朴的说服力,那么,"非温顿·马萨利斯莫属"那一匪夷所思而又相当吸引人的韵致就会从中产生。可惜本人好像还没有完全意识到,不少时候并没有获得那样的效果。

但不管怎样,对于融合派(fusion)、前卫、老乐手们的新波普式音乐等每个音乐方向都已停滞不前、整体上处于山穷水尽态势的当时爵士乐坛来说，马萨利斯兄弟提出的音乐毫无疑问给人以耳目一新之感。王者迈尔斯本身也已陷入吹不成样子的状态，爵士乐坛正在寻求能够开拓新时代的新的英雄、新的象征。

马萨利斯乐队最初推出的几张唱片受到很高评价，销售也马到成功，获得爵士乐和古典音乐两方面的格莱美奖。他们的年轻气盛、高超技艺、出色的音乐性以及一身潇洒的西装，不仅爵士迷，而且招来了一般世人的目光。但与此同时，也受到了部分批评家的指责，说他们不过是在模仿迈尔斯·戴维斯以前做过的事情。尤其是，迈尔斯本人也以反马萨利斯阵营急先锋的面目出现。几个小鬼把自己过去穷追猛打而又厌弃的东西捡起来鼓捣来鼓捣去，还四处说"今天的迈尔斯已经堕落了"——作为迈尔斯对此也不欢喜。理所当然。"对于爵士乐这一音乐领域，温顿没有提供任何创新的东西"——迈尔斯的这一说法有其坚实的说服力。

自不用说，马萨利斯必须以某种形式对抗这样的批判，必须明确强调自己不是炒迈尔斯的冷饭,强调温顿·马萨利斯是一个创新型音乐家。但这并非轻而易举之事。马萨利斯乃是身上若无"容器"便前进不得那一类型的音乐家。好比寄居蟹——恕我出言不逊——只有把结结实实的外壳=框架搞到手之后才能尽情施展手段。而那种结结实实的外壳并非左右张望一下就能找到的东西。

温顿开始慢慢出创意,是在兄长布兰福德和钢琴手肯尼·科克兰(Kenny Kirklaned)这两位核心队员离开乐队之后。两人受斯汀(Sting)的邀请加入他的乐队,而在客观上抛弃了温顿。温顿受到强烈打击(这里当然有兄弟间的心理纠葛)。现在看来,那在结果上促使他的音乐往好的方面发展。尤其新来的年轻钢琴手马可士·罗伯兹(Marcus Roberts)成长起来之后,温顿的音乐迅速离开迈尔斯的亡灵,而开始拥有新的音乐和语汇。

成为"容器寻找"作业核心的,是两个系列作品。一个是持续发行到第六辑的《经典时代》(Standard Time),另一个是三张《南方蓝调的灵魂姿态》(Soul Gestures in Southern Blue)系列。前者以"经典曲"(Standards)为基轴梳理了从波普到前波普的爵士乐史,后者向"马萨利斯不会演奏布鲁斯"的批判发起正面反击。温顿年轻时曾说"布鲁斯那种音乐是黑人文化耻辱",还说"传统爵士乐那东西就像是博物馆里的木乃伊"。但因为"脱迈尔斯"之路惟有那一条,所以摇身一变,开始学习起来。毕竟是喜欢学习的人,很快就掌握了。

我本身认为《经典时代》系列中收录的一半左右演奏是非常精彩的。作为感觉,尽管有尝试性错误,但每一个都在认真学习什么。那的确是此人了不起的地方,自有其侧耳倾听的价值。不过剩下的那一半演奏,老实说,是平庸而枯燥的,而其本人又没有意识到那种枯燥(似乎)。这让我每每为之焦急。"喏,这个多妙!这样子也蛮好嘛!"——这种自鸣得意的态度,多少有些忍受不了。

不过,就《南方蓝调的灵魂姿态》来说,我想应该给予高度评价。温顿的一丝不苟以恰到好处的形式体现出来。特别是第一辑《南方浓烈》(Thick in the South)表现出色。这里,温顿虽然同乔·亨德森(Joe Henderson)共同演奏[有两首由埃尔文·琼斯(Elvin Jones)客串演出],但是——或许应说到底是——曾经的新主流派首领乔·亨德森的调子和音乐语汇设定整体步调,温顿则从旁边静静切入其中。温顿的演奏可圈可点。无论反复听多次都深有底蕴。令人产生如此感觉的温顿音乐,老实说并不为多。固然令人由衷赞叹,但让人想反复听的专辑唱片,在他来说则少而又少。而听罢这张——这么说也许不合适——我觉得他“非不能也是不为也”。演奏得好,原创曲也好。

得到马可士·罗伯兹这个节奏组基轴之后的马萨利斯,对爵士乐传统尤其变得谦虚和有自觉性了。也开始在某种程度上想开了:自己是新奥尔良出身,那里的草根音乐才是自己的根,没必要勉强演奏都市性洗炼音乐,何苦呢!从杰利·罗尔·莫顿(Jelly Roll Morton)经由路易斯·阿姆斯特朗、埃林顿公爵到特洛尼斯·蒙克(Thelonious Monk)、奥耐特·科尔曼(Ornette Coleman)这条路线,在个人性质上似乎和他吻合起来。绝不能说这条路线是爵士发展史的主流。以波普以降的爵士乐史观来看,相对说来属于被视为个性化的、另类的谱系。但是,温顿积极对待这一谱系并加以梳理、验证和重新评价,并将其作为一种范式,从而成功地在自己的音乐中确立了迄今未有的新形式的现代主义(Modernism)。在确立过程中，马可士·罗伯兹的音乐发挥的作用绝对不少。

设定了这一路线后的温顿乐队的音乐创作让人感觉出其中含有的硬芯。那里既有“终于从迈尔斯中解放出来”的释然感，又产生一种自信和自豪：“黑人文化复兴的一翼是由自己承担的！”超越迈尔斯并非鼓捣比迈尔斯更新的花样，而是返回较迈尔斯古老的地方——好坏另当别论，这样的思考很符合此人性格。但作为目标不坏，全然不坏。

不过，纵使到了这个境地，一本正经、多嘴多舌、过于自信、喜好控制、乐于钻研等此人的禀性也未轻易收敛。而当这种倾向明显表面化的时候，其推出的唱片就多少令人费解。

例如，他有一张演绎杰利·罗尔·莫顿的唱片《经典时代第六辑——杰利·劳德先生》，一听即可明白，这百分之百是温顿·马萨利斯式“乐于钻研”症候群的样板。古典音乐领域倒也罢了，而若在爵士乐这一容器中得意洋洋进行这种俨然从画中走下来的“原典演绎作业”，作为听众难免感到兴味索然：“心情诚然理解，但别玩命玩到那个地步！那岂不有点儿难为情？”我想，爵士乐那东西恐怕不是那种抠死理的研究主义的音乐，而应是粗粗拉拉活灵活现的东西才对。这样子,岂不仅仅是“信息咀嚼”吗?假如迈尔斯活着,听了这张专辑,说不定不屑地说道:“Oh,Shit!”反正我眼前不由得浮现出这样的图像。

说到费解,还有《经典时代第五辑——夜半蓝调》。这个也相当让人琢磨不透,反正就是枯燥。这么枯燥的音乐此外很难找到,我就作为午睡用的一张 BGM(背景音乐)使用,弥足珍贵(另一张是马友友与克利夫兰弦乐四重奏合奏的舒伯特 C 大调弦乐五重奏)。同样采用弦乐器的早期专辑《温室之花》(Hothouse Flowers)也是相当平庸的东西,但这张有过之而无不及。也许以迈尔斯和吉尔·伊文斯(Gil Evans)的合作演奏为范本来着,而结果上却是望尘莫及的枯燥无味的玩艺儿。

想来也真是不可思议。毕竟,马萨利斯作为古典小号演奏家是超一流的,同大乐队联袂演奏也应是其拿手好戏。然而他在大乐队的伴奏下演奏经典曲目,却推出了无可救药的枯燥音乐。这究竟是为什么呢?没有吉尔·伊文斯这位鲜乎其有的编曲家介于中间这点自然也可以作为一个理由列举出来。编曲相当普通(当然,想必在某种程度上是马萨利斯有意为之)。但不仅仅如此。这么说或许过分,可是从温顿的演奏中,我们很难感受到类似灵魂的迫切需要那样的东西——“我无论如何都想通过这首音乐诉说这样的事情”。所以,尽管他本人在弦乐伴奏下自鸣得意地举着小号大吹特吹,却看不见真正意义上的“歌魂”。相比之下,查理·帕克(Charlie Parker)、克里福德·布朗(Clifford Brown)和比莉·霍丽戴(Billie Holiday)的弦乐录音迥然有别。形式诚然相同,但内容的深度差得天上地下。具有讽刺意味的是,他的本质性弱点却在他本应得意的形式上暴露无遗。“怎么样,很妙吧?”——惟独这一信息隐约可见,以致沦为没有深度——没有得令人吃惊——的音乐。他的原创曲到底值得一听,而此外的经典曲目的效果,不讳地说,一塌糊涂。

迈尔斯·戴维斯不具有马萨利斯那种圆融无碍的技巧,为人也自私得臭不可闻。可是他有非说不可的独自的“故事”,有足以将其故事活色生香地传达给对方的自身话语。既有以自己的眼睛捕捉到的特有的风景,又有足以将其风景原封不动呈现在对方面前的画法(语法)。正因如此,迈尔斯和他的听众才能在心里分享他的物语和风景。马萨利斯则

(还)没有。迈尔斯明确承认作为演奏家的自己的局限,从而以精神性即灵魂的律动来弥补技巧的不足。与此成为对比的是,拥有卓越技巧的、"想做什么都能做到"的温顿反倒不能很好地找到自己应有的本来面目和应站立的位置。

话虽这么说,温顿·马萨利斯是具有最大可能性的同时代爵士乐手这点是确凿无误的事实。尽管每每枯燥,但好的作品又好得不得了。也就是说,他虽然不能以自己的意志刻意下到自己灵魂的地下室,但有时会由于某种巧合而无意地到达那里。至于何以发生这样的事,那是因为他原本就具备足以如此的潜在能力。我之所以说温顿·马萨利斯是优秀的音乐家,正是出于这样的意义。

一如上面说的《南方蓝调的灵魂姿态》系列,你无意中买回听的CD《真实时光》(Real Time)也很有听的价值。这是温顿作为电影音乐创作的,但归终没有用上,而成为配乐专辑。不过这个意外之好,至少能对其怀有好感。那里有他的原创音乐世界。

说到底,马萨利斯的音乐中,"令人大失所望"和"令人心悦诚服”之间的落差实在太大了。移师“蓝音”(Blue Note)后的第一张唱片、最新作品《魔法时刻》(The Magic Hour)原本想一听为快,岂料意外枯燥。作为我,只能从中找出“怎么,老一套又来了”那类稀松平常的音乐。诚然用了力气,但音乐徒然空转。全然找不见足以颠覆“马萨利斯惯常音乐”的崭新要素。总之,他仅仅是在舍弃地下室的一楼演奏。以致形成的东西无论如何都是“我如何、我怎样”的音乐。后退一步四下环视那样的事此人是做不好的。

但是,在由于某种缘故而出现必须后退一步情况的时候,虎头蛇尾的“过剩性”便也悄然后退,他创作的音乐因而变得自然而然。例如——前面已经说过——他是作为阿特·布雷基与爵士信使乐队的一员崭露头角的,但当时他的演奏即使今天听也有新鲜韵味。我想那自有其原由在里边——作为布雷基的一名部下,尽管被大家称为“惹人气恼的家伙”,然而他吹得尽情尽意畅快淋漓。相比之下,还是那时他的演奏率性而生动。其中没有类似启蒙性陈述(Statement)那样的东西,惟独演奏本身的野性欣喜促成他的音乐。与此相比,获得世人好评的现场录音专辑《蓝调巷现场》(Live at Blues Alley,

1986）固然是成功的音乐，但反复听的过程中，却意外听厌。恕我打个离奇的比方，就好像善于做性事前戏的男人，总有个地方让人指望不上（个人感想）。

前面也说了，同乔·亨德森合作的专辑《南方浓烈》之所以效果不俗，恐怕也是因为“我如何、我怎样”那种姿态收敛回去的关系。我觉得他和他所敬爱的音乐老手同台演奏时，能够后退一步，扩展视野，慢慢呼吸，从而到达比平时胸怀深邃的内省的音乐世界。他的音乐本应更频繁地发生这样的情形。为什么没有发生呢？

前面提及的贝司手查尔斯·范布罗这样回顾最初五重奏乐队时代的温顿：

> “那支乐队里，没有在布雷基的乐队时那样的自由。那里只存在温顿认为的‘应该如此’的音乐。至于每个乐手怎么认为，对于他是无所谓的。我在的当时的乐队还是幸运的，毕竟我们想做什么就做什么。不过温顿从背后‘这么干那么干’一个劲儿发号施令来着。后来那渐渐成了问题。”

某一时期参加乐队的贝司手(匿名)的发言：

“温顿是个控制狂。个人我是喜欢他，但就音乐来说，习惯不了他将自己的想法强加于人的做法。我也有我想做的音乐。可是温顿几乎在所有场合都如此这般事无巨细地向我们下指示。其他所有人也对这种强制怀有不满，但气氛无法说出口。”

老乐手们归终都多少厌倦了他喜欢控制的性格，离开乐队。填补空缺的，是绝对归依和师从温顿的年轻乐手们。他们毫无怨言地按照温顿的指示热心演奏他的音乐。他们确实具有足以被温顿看中的才能，但他们不具有足以同温顿的音乐世界分庭抗礼的个性和力量。所以，演奏水准在物理层面固然呱呱叫，但产生的却是听起来多少令人沉闷的运动会肌肉系的音乐。唯独盲人钢琴手马可士·罗伯兹为乐队音乐留下了他鲜明的个人风格。

乐队的中音萨克斯管演奏者威瑟尔·安德森(Wessell Anderson)就自己的音乐背景这样说道：

“我们这代人的大半都是用收录机听着流行音乐长大的。所以,爵士乐应该怎么听,要一一学起才行。老一代乐手完全知晓布鲁斯是怎样的东西,可我们不知晓。知晓的顶多是詹姆斯·布朗(James Brown)。不过嘛,莱斯特·扬出现在堪萨斯市的时候,人们都已日常性地演奏布鲁斯了。在爵士乐世界,我们相当于第三代、第四代。因此,我们要想搞爵士乐,就得先咀嚼信息。回溯过去,侧耳倾听老音乐,听到心领神会为止:唔,难怪爵士乐是这样或是那样的。”

温顿·马萨利斯就像是那帮年轻人的帮头儿。对于年轻一代来说,他毫无疑问是一个楷模。“只要用心学,爵士乐还是蛮有意思的”——年轻黑人乐手跟在他后面接连成长起来:泰伦斯·布兰查德(Terence Blanchard)、约舒亚·雷德曼(Joshua Redman)、洛尹·哈格罗夫(Roy Hargrove)、尼古拉斯·培顿(Nicholas Payton)、克里斯汀·麦克布莱(Christian McBride)、拉歇尔·马隆(Russell Malone)……数不胜数。他们无疑创立了爵士乐一个潮流。如果没有温顿·马萨利斯的存在,这一形式的流派就可能不会出现。这是温顿立下的最大功劳。

但是,就温顿自身的音乐来说,其乐队的音乐缺乏真正意义上的自发性。加入他的乐队的乐手首先要把温顿准备的精致的音乐完完整整装进脑袋里,演奏时被要求一个音也不能错。对于马萨利斯乐队的成员来说,那是最基本的、最低限度的职责。后来到一定时候,被要求在牢固设定的框架中各自进行独奏——在不破坏温顿设想的音乐整体形象的条件下。

“什么都无所谓,放开手脚干好了!——这种战国时代的宽宏大度在这里并不存在。”“该去哪里,去问球好了!——那种富有刺激性的元素这里也不见踪影。”因而,纵使有感佩,也很少有感动。这么说或许激怒温顿,有时候,他的音乐让我想起不远的过去的西海岸爵士乐。

温顿不单单是控制狂,还是个有些饶舌的人。脑袋好使,能言善辩。众所周知,这样的人往往无事生非。在一九八四年格莱美奖颁奖仪式上,他在台上就当下(当时)爵士乐面临的“可悲”状况滔滔不绝地阐述一家之言，致使许多人为之蹙眉。据说看了电视转播的迈尔斯·戴维斯嘟囔道：“Who's asking him a question?”总之是说“谁问你这个来着？”反正他大体是个多嘴多舌的人。就算知道他在生理上讨厌电声乐器，可听得他在电视上从正面指责“七十年代的爵士乐仅仅是惨不忍睹的消耗”，在那十年间孜孜矻矻做爵士乐的乐手们恐怕也还是要心头火起。对人心的那种动向，温顿看不到位。那场演说以来，很多爵士乐手（至少一段时间里）弃他而去。说年轻气盛倒也罢了，不过他不知晓真正意义上的挫折这一弱点损坏了他的音乐和生存方式这点，想必是不错的。人生实在太一帆风顺了。

其实我是想说：“温顿，你再多少漂流几天去别的乐队找饭吃就好了！你既然有过人的才华，那么就该学会忍耐才是！”问题是，将如此才华出众的实力型人物揽入怀中的爵士乐队，现实中哪里也不存在。总之，他只能自己一个人耐受“山上的孤独”。

在旧唱片店以很便宜的价钱买回《布鲁斯与摇摆》（Blues & Swing）这张激光影碟（Laser Disc，现在倒是便宜了）。有马可士·罗伯兹参加的四重奏一九八七年演奏记录。啊,好厉害的唱片,真是让人叫好。说万无一失也好什么也好,反正是快手斩乱麻的演奏。不料把A面整个看了一遍,渐觉肩酸背痛,开始有些透不过气来。于是心想姑且到此为止吧,看看别的换换口味好了。正巧旁边有查特·贝克的纪录片《让我们一起迷失》(Let's Get Lost,布鲁斯·威伯导演),于是看了起来。虽是第二次看,但刚一看就被吸引住了,不知不觉看到最后。并且终于舒了口气。看罢由衷赞叹:唔,这才是爵士乐!

《让我们一起迷失》是捕捉晚年贝克形象的纪录片。他已被毒品搞得百病缠身,技术也好声音也好都像冬日的蟋蟀一样奄奄一息。比之马萨利斯演奏的品质之高,简直不可同日而语。尽管如此,贝克的演奏仍然直抵肺腑。哪怕再百病缠身再奄奄一息,我们也还是不可思议地为其音乐所打动。为什么呢?因为那音乐中满满——满得几乎啪嗒啪嗒滴落下来——含有查特·贝克其人的生命状态(我不太喜欢这个说法,斗胆用一次)。客观地看,一般绝不能说是出色的音乐。然而,那种音乐的存在方式也是爵士乐这种音乐的一个重要的动力来源。而且,正因为有如此痛切感人的动力来源,爵士乐这一形态才能随着时代的变化而改变形式,绵绵不断地顺着人们的心灵河床延续到现在。

但是,以温顿·马萨利斯的观点来看,查特·贝克(尤其晚年)的音乐根本不值一提。或者贝克的音乐使他产生极为不快的心情亦未可知。因为,对于温顿,优秀的技巧乃是必不可少的最低限度的规范。他就技巧这样说道:

> “有件事我总是说得嘴巴发酸:技巧这东西,无论对于乐手,还是对于其他任何领域的艺术家,都是道德最初步的标记。假如存在没有技巧的艺术家,那么他就不会在高层次上同艺术结成道德性联盟。这是我的想法。这是因为,如果你想提出强有力的理念,那里就不能没有技巧。如果你想提出具有重要意义的理念,那里同样不能没有技巧。”(着重点为笔者所加)

他说的想必是堂堂正论。但我觉得未免太堂堂太正确了。我恨不得这样说:那么,你岂不简直成了爵士乐的技术官僚?他所表述的,作为语言、作为理论都是明晰而正确的。可是对于人们的灵魂来说,则未必正确。在许多情况下,灵魂是吸收超出语言和道理框框的、很难说是含义明晰的东西并将其作为营养而发育成长的。惟其如此,查特·贝克晚年的音乐才作为对某种灵魂有重要意义的理念为人们接受。遗憾的是,马萨利斯的音乐则相反,完全不为人接受。

事情过去有些时日了。我在美国一个小型爵士乐俱乐部听过小号手汤姆·哈雷尔(Tom Harrell)的演奏。同温顿相比,他的技巧明显属于B级。演奏风格也不潇洒,分句也够懒散。但其音乐无疑"砰"一声打中我的心,感动得好半天没能从座位上站起。至于他的音乐为什么强烈打中我的心,则无法用语言解释。若听CD,不可能认为此人那么厉害,但至少他那时的演奏剧烈地摇撼了我,让我为之震惊。

这就是爵士乐,我想。让人陷入久久无法从座位立起那样的失魂落魄状态——如果不能时而感受到那么一种蛮不讲理的力量,到底有谁会以热切的情思听爵士乐连续听三四十年之久呢?爵士乐这种音乐便是如此才得以成立的。

温顿往后能够超越其自身本质性(潜在性)枯燥无味吗?

那种事我当然无从知晓。自不用说,那需要温顿·马萨利斯本身首先对这个问题怀有深刻的自觉,找到突破口,以自身力量找到解决途径。可是,倘若温顿不能实现那样的自我变革,而在未成为真正意义上的爵士乐巨匠的情况下终了此生,那么我担心作为同时代的爵士乐将愈发失去向心力、愈发沦为传统技艺。这是因为,喜欢也罢不喜欢也罢,温顿·马萨利斯都是作为现代爵士乐的一个象征、作为所剩无几的可能性发挥作用的。在这样的语境(context)下,他扮演爵士乐这种音乐实质性的谢幕人的可能性也不是没有的。

如此这般,往后我恐怕也会继续听温顿·马萨利斯的音乐。说不可思议也不可思议,尽管不时感到心烦,抱怨"枯燥"啦"浅薄"啦什么的,可我还是无法从他的音乐移开视线。我将从他身上感受到在其他爵士乐手身上感受不到的类似独特的"牵挂"那样的东西。正因为这样,枯燥也好不枯燥也好,我都不能将他的音乐左耳进右耳出地简单放过。想必那还是得益于他潜在性的音乐器量之大。

但愿此人迟早创作出富有营养的真正新颖的音乐,但愿。无论为爵士乐,还是为他本身。

Thick in the South( Columbia 47977 )

# 菅止戈男

## ——柔软的混沌

SMILE(AUCK 11001)

**スガシカオ(1966—　　)**

生于东京都。一九九七年以单曲《登上音乐排行榜吧》勇闯乐坛,在以 FM 为中心的业界内成为关注对象。同年九月推出第一张专辑《Clover》(幸运草),入围排行榜前十名。一九九八年为 SMAP《夜空的远方》作词。

我家住在神奈川县海滨，可以留宿的工作间兼事务所在东京都内。所以每星期驱车两地之间往返一次。那时在车上喜欢听的东西里面就有菅止戈男的音乐。实不相瞒，平时我不大听日本的流行摇滚——所谓JPOP——但独有他的音乐每次出新作时我都花钱买CD回来（自是理所当然），主要是开车当中反复听。为什么呢？这么着，今天我想好好探讨一下这个人的音乐。

即使我，也并非下决心不听日本的流行音乐。时不时在MTV上查看一下，得闲时去唱片城在JPOP唱片区戴上耳机集中试听一下新歌CD，若碰上有意思的就买下来。尽可能不带偏见地大面积听各种音乐是我的日常性想法，也相应地付出努力。遗憾的是，日本的流行音乐中很少能找到我觉得有趣想买下来的。就算有当时觉得稍好些的买回来，在家听几次也就腻了，当即拿去旧唱片店卖掉。这种情况是不少的。这是为什么呢？

作为新歌在店面齐刷刷排列的JPOP的大多数，作为商品（包装）都做得足够漂亮，一听之下演奏技巧也蛮可以，录制方面看样子也花了不少钱——这些我都大体能够理解。问题是至关重要的音乐内容很难让我感觉出类似说服力那样的东西。如果允许我用一个常规说法，那就是没有令人为之一震的东西。既不感人肺腑，又没什么新意。无论如何也找不见足以让人花上三千日元听此音乐的个人必然性。

当然，纵使“西洋音乐”领域，这类内容浅薄的作为消耗品的音乐也泛滥成灾，但毕竟有不少早已形成的“定点”。如贝克啦“电台司令”啦REM啦威尔可（Wilco）啦等让人一见其有新曲出来就“买下再说”那样的乐队（歌手）。而且，在店里足足试听一小时后总可以找出三四张让人买回家再好好听一次那样的音乐。然而，不知何故，JPOP卖场极少有如此情况发生。当然，我并没有把新歌从头到尾全部筛选一遍（数量太多了，力不胜任。顺便说一句，《CD期刊》十月号仅JPOP目录就有三百五十张之多。可是才一个月哟！）听漏的想必也比比皆是。但以概率而言，中彩的数量绝对少而又少，这并没有怀疑的余地。

我戴上耳机，就好像在 JPOP 新曲大海爬泳一样找来找去。而这一过程中总是极其频繁地冒出这样的念头：什么呀，包装得倒挺好，可里面不就是带节奏的“歌谣曲”[1]嘛！这么一说，难免有人抗议带节奏的“歌谣曲”又有什么不好？那固然完全没有什么不好，但我个人横竖喜欢不来那类折衷性音乐。或许有人喜欢那类音乐，可我不喜欢，如此而已。这乃是从我所依据的音乐价值观、或者个人趣味（taste）的累积——不情愿说是偏见——自然而然浮现出来的坦率意见。请不要见怪。

回想起来，六十年代中期乐队所向披靡的时候，我（当时是高中生）就对日本本土的流行音乐怀有大致和现在相同的批判态度。那时我就心想：这玩艺儿不过是表面上改头换面罢了，里面不就是带节奏的“歌谣曲”嘛！（说到底，围绕音乐的环境自那以来或许一直没什么变化）什么“老虎”（Tigers）

① “歌谣曲”：大体指日本战后在西方音乐影响下出现的流行歌曲。

啦"诱惑者"(Tempters)啦,当时走红的乐队都几乎引不起我的兴致。其音乐——当然是对我来说——也隔了一层(倒是不敢说平庸、枯燥)。不过,那里边一支名叫"蜘蛛"(Spiders)的乐队还是不差的。虽然我不算是"蜘蛛"迷,一张唱片也没买过,但偶尔从广播里听得,觉得他们的音乐——尽管不是全部——从"歌谣曲"(即土著性)世界跨出了一步,有一种新鲜气息那样的东西。这么说来,最初听菅止戈男的音乐也好像多少有类似的感觉。

平成年间的"蜘蛛"?

好了,继续下文。

第一次听的菅止戈男专辑是九七年卖的 CD《Clover》(幸运草)。对于他这是处女作,而我家的这张 CD 印有"样品"字样。记得是唱片公司寄到我这里来的。至于何以直接寄这 CD 过来,我不清楚。不管怎样,我因之从那时开始一直按时间顺序听他的音乐。反正在那之前我没听过也没见过菅止戈男这个名字。"好怪的名字啊!"——一边这么想着,一边没怀太大期望地把 CD 放了上去。是做着什么事时半听不听地听着的。但传进耳朵的音乐的新鲜还是让我为之一惊。于是我在音箱前正襟危坐,从头重新听了起来。听得我再次赞叹:唔,这个嘛,倒是不坏!

专辑中,尤其《月与刀》和《黄金之月》两曲中我个人心意。其他歌也都不坏。《想要虐待你》自始至终苦涩而灰暗的趣味相当洒脱,《小鹿撞怀》和《登上音乐排行榜吧》的流畅明快也不可等闲视之。不过作为我,对《月与刀》和《黄金之月》两首特别有印象。这张CD听的次数相当不少。结果,菅止戈男这个奇特的名字在我脑袋里深深扎下根来。

本来我想没必要介绍了,但还是为不知道菅止戈男——“菅止戈男?那家伙我不知道。CD可是DG公司出的?”——的人简单介绍几句。菅止戈男是歌手兼歌曲作者。差不多所有歌的词曲都是自己创作的,再自己演唱。不仅如此,甚至编曲也自己动手,自己会弹几种乐器。包括制作和合作演出事项也大多自己处理——将自己的音乐严严实实管理到这个程度的人,应该屈指可数吧?也就是说,菅止戈男这个人所具有的方方面面有机结合起来,从而形成一个综合性、个人性的音乐世界。总之,那是个“一听就懂不听不懂”的自成一体的小天地。不过,讲起这种基本教义式的正论,就基本不可能写出关于音乐的文章了。所以作为权宜之计,这里还是一个个分成几个方面单看一下。

最初听得菅止戈男的音乐,第一印象是其旋律的独特性。他的旋律同任何人创作的旋律都不一样。若是多少品听过他的音乐的人,只要听一小截,就会看出(听出)"啊,这是菅止戈男的音乐啊!"我认为,这种 distinctiveness(固有性)对于音乐有很大意义。手中没有乐谱,不能用具体例子来说明,反正在和声的选择和安排上大概有非他莫属的特征。或许同保罗·麦卡特尼、斯蒂夫·旺德(Stevie Wonder)多少有根底相通之处。保罗·麦卡特尼和斯蒂夫·旺德的音乐(也许应该包括布莱恩·威尔逊),稍微一听就能听出"啊,这是保罗"、"这是斯蒂夫"对吧?这意味着,他们的音乐在旋律、和声等方面充盈着个性语汇,从而促成其特有风格。

而其结果,如果顺利,就会在一首歌中推出一两处令人叫绝的固有的音乐拐点(张力)。对于优秀音乐,这种拐点恐是必不可少的。并且,它有时会对听者的神经系统起到一种毒品般的效果。莫扎特的某种转调如此，艾罗·嘉纳（Erroll Garner）那节拍后面的块状和弦也是这样。一旦迷上那种此人特有的令人舒心惬意的情趣，那么就很难从中脱身了。说得通俗些，就像毒贩子给买家打了一针："喂，老兄，不错吧？特有感觉吧？下次多带钱来！"

倒是多余的话了。其实不光是音乐，即使文章世界，这种distinctive情趣在许多情况也发挥着重要作用。假如文章的字里行间都被自由地、零散地或集中地赋予写作者独一无二的毒品般的风格——如果能够掌握任何人都模仿不了的"文体"，那么，作家有可能至少以此吃上十年。当然，如果驾轻就熟地完全依赖那样的技巧，职业性局限迟早就会到来……。

此外，从音乐角度说来，编曲也够漂亮（据版权名录，编曲也大多由其本人担任）。节奏利落，让人感觉整个身体从里到外都自然摇摆起来。乐器合成也很简洁，执著繁琐的编曲和崭新的旨趣虽然没有，但节拍也因之显得清晰流畅。多少令人想起布克T与MG乐团（Booker T. & The MG's）那节奏的清脆悦耳、千回百折的"哇哇"型效果器，真是洒脱得可以！还有，即使慢曲也没有"吱溜溜"滑去"歌谣曲方向"。听日本的流行歌曲不时感到伤脑筋就是这个地方,特别是慢曲,拉长的音与音之间,总是突如其来地加进一个——有时作为无音之声——歌谣曲式的音调。作为我可是在生理上有点儿难受。但菅止戈男的音乐妙造自然地回避了那种“难受”,于我可谓正中下怀。

容我说几句跑题的话。以前在一个美国人家里蒙眼品听美空云雀唱的爵士乐经典歌曲集。谁唱的不知道,但感觉上倒是一位极有功夫的歌手。不料听过几首之后,那“隐性音调”便渐渐刺激耳鼓,最终还是听得我有些吃不消。完全以自己的唱法熟练演唱爵士乐经典歌曲——美空云雀这位歌手的实力诚然让我佩服,但那是在和“爵士乐”有所不同的层面上成立的音乐。当然我决不是否定那种音乐的存在意义和价值。

说回菅止戈男的音乐。如果允许我极其个人地坦诚相告,每次听日本的流行歌曲,我都往往为其歌词的内容和“文体”搞得心烦意乱,以致把整个音乐弃之不理。偶尔看一眼电视连续剧,有时也因无法忍受剧中人物口中那肉麻的台词而当即关掉电视，二者情况多少相似。我一向认为，所谓JPOP的歌词也好电视连续剧的台词也好“朝日”、“读卖”等全国性报纸的报道文体也好，都是一种“制度语言”（当然不是说尽皆如此，而是就大部分而言）。所以，我没有心思一一从正面批判它们，就算批判也没多大意思。说到底，那是建立在利益攸关方互相协商和了解基础上的一种制度。因此只能通过其同制度这一主轴的相互关系加以批判，而那又是无法批判的。将其作为独立文本来批判几乎不可能。说得浅显些，那是这样一个世界：局内人甚至视之为自明之理，局外人则觉得莫名其妙。市场规模巨大，而其品质却限于地方——一个扭曲的匪夷所思的世界。

但是，菅止戈男写的歌词，我觉得其形成基础多少与此不同。也就是说，很少有“也就这么回事吧”那种制度性惰性。因此，即使像我这样从与制度无关的中立地点侧耳倾听，也基本上能够将其作为独立自主的公平的文体加以接受。而这对于我也是一件难得之事。当然，我并不是说菅止戈男的歌词全部流光溢彩。不用说，有的好有的不好。让我上不来感觉的歌词也是有的，理所当然。我只是想说：菅止戈男写的歌词可以大体作为菅止戈男写的个人作品加以接受。不言而喻，有了这样的接受程序,就能从中产生具体评价。

例如收录在处女专辑的《黄金之月》的歌词很想请你一读：

彻底凉了　我的激情
比刚刚流下的热泪还凉
我有了能量　用那能量
比谁都能巧妙地自我伪装

关键的话语　好几次想说出口来
但吸入的空气　总在胸口堵塞
不知用什么话语告诉你好
吐出的声音　总是在半途中断

不觉之间　我们走过盛夏的午后
背部压上了黑暗
在微明中用手摸索着

要把每一件事好好干完

一眼即可看出,这决非流利的歌词。莫如说是粗粗拉拉很难纳入旋律的歌词。虽然不像鲍勃·迪伦和布鲁斯·斯普林斯汀那样拼出吃奶力气把信息和留言满满塞进歌词,但绝对不是对听众友好的那类歌词。遣词造句也略嫌牵强。甚至可以感觉出以往垮掉的一代的氛围。话虽这么说,却又没有老套之感。总之是相当有特征的"文体"。以开头一段为例,若是极其一般的自写自唱的歌手,有可能按其内容写成这样的歌词:

我的激情已经凉了

比流下的热泪还凉

我比谁都拥有

巧妙欺骗自己的能量

这样,一来配旋律要容易得多,二来听的人怕也容易听出词意。可是,对比之下就可看出,如果这样把语句整齐划一,菅止戈男式世界的风景势必有相当大的改变。微妙的粗糙感、细小的棱角、适度的夸张——不管怎么说都是此人歌词固有的特征。相对说来,较之诗,散文印象或许更强些。这种不无生涩感的歌词,若被拼命纳入旋律轨道,必然产生独特的着陆感。用了“拼命”这个说法,但并不意味旋律和歌词吵架。其大致意思是好比那里有难度较大的谈判留下的痕迹。至少,那不是右耳进左耳出的那类四平八稳的为了歌词的歌词。我觉得,那种花时间进行的艰难的谈判给他的歌词带来类似“饱满”的质感。

此人所写歌词一个最大特征,是触感表现非常之多。如“背部压上了黑暗”和“在微明中用手摸索”等等,这类句子是典型的菅止戈男的世界状态。再聚焦说来,“黑暗”啦“用手摸索”啦等字眼在此人的世界中起着重要作用。他好像在自己体内早已准备好了几种状况描述语言,我反正有这样的感觉。狭小的房间、酸腐的空气、扑鼻的腥味、尖刺刺的块体、自暴自弃的心情、痒痒的感觉、淋湿的皮鞋、懒洋洋的性交……此外再举几个例子:

一觉睡到傍晚

爬起无力的身体

浅夜的气味

悄悄来到附近

（《夏祭》）

走去隔壁的房间

叫醒沉睡的父亲

木板窗全部关紧

不知他在哪里

要是有人替我叫醒……

这么黑　这么暗　比深夜还暗

（《星期日的午后》）

午睡时间里　轻轻地

潮湿的空气降临

雨连下了一个星期

沉闷闷　一直闷在房间里

短舌头的她　给我一个吻

让我更加沉闷

（《无聊／郁闷》）

这里表达的是一个无法轻易从中脱身的世界，一个永远围着同一地方旋转不止的世界。对那个世界的存在状态，主人公差不多已忍无可忍了，却又怎么也鼓不起勇气起身离开。懒得到外面去。就算下决心离开，他在那里发现的，也可能是和这里大同小异的世界。事情说不定同样在同一场所来回兜圈子。这么着，作为主人公只好暂且留在这狭小的地方，一边手摸周遭滑溜溜的物件，一边确认自己仍实际存在于此，此外别无选择。而且，现实性行动受限和光照不足也会促使思维轻而易举地一下子潜入观念性横洞。

观念性——此人创作的歌词中一再出现生硬的观念性字眼。例如"性交"——突然端出如此直白的即物性字眼的歌手（词作者），至少在爵士乐坛恐怕别无他人。另外，"神"一词也频繁登场。据我所知,日语歌词中使用“神”的例子极其少见。“神明”这样的说法有时使用。而这个说法总的讲来属于给人以地面性的、更为日常性的感觉,例如“神明、佛祖、狐仙”(倒是相当老套)等等。然而,同“神明”相比,“神”这一说法远为观念性和西洋性(一神教)。那里有严厉的绝对的意味。或者此人将宗教性信息实际注入其中亦未可知。那种可能性当然不至于没有。不过,通观前后语境,我并没有特别感觉出宗教性气息。作者恐怕是端出神这一字眼来在那里姑且假设一个“绝对者”——一个能把主人公面对的压抑性状况一举清除的类似“绝对者”的存在。我反正是这样感觉的。这样的神有些像“救急神”(Deux ex machina):在希腊剧的最后,总是有神乘机械装置从天花板降下,仿佛说“好咧,一切交给我就是!”而后将那里的所有悬案一举处理妥当。(以下着重点为笔者所加)

月亮出来了当然好

我再不想在黑暗中迷路

照在海上的一道月光　那是接近神的路

（《Thank you》）

因为开窗睡的关系

身体沾上了许多不幸

用你左手上神的力量

把它们统统消除

（《折价券》）

不过，解开那团乱麻的、解决主人公封闭性处境的，并不仅仅是神。因为神不大可能那么轻易出面。因此，有时候由“随处手到擒来”的剧毒药物代替神的作用。神与毒药——在菅止戈男世界中，看起来这几乎是两个等价并存的解决方案。

那个拖而不决的问题

刚才在厨房里

用威力大的 Poison

冲洗得一干二净

最近我们的几个问题

总是这样解决

今天早上的门厅

还多少有些药味

为了不污染所有房间

用掉整整一瓶

（《炸弹果汁》）

这里有“四叠半”[①]式封闭性小空间黏糊糊的独特感觉。而另一方面，又有仿佛在那里“嗵”一声突然撞破彼侧那种临阵有余的观念性——两种逆向感觉一边维持共时性，一边催生类似柔软的混沌那样的东西。说“后奥姆”[②]未免有些危险，但我多少觉得其中含有的东西的确是若非一九九五年之

---

① “四叠半”：“叠”，榻榻米。铺有四张半榻榻米的小房间。

② “后奥姆”：奥姆，日本“新兴宗教”团体。奥姆真理教。一九九五年三月二十日制造了东京地铁沙林毒气事件。“后奥姆”应指该事件发生后的年代和日本社会。

后便很难解释通的空漠的“灾难憧憬”。然而,菅止戈男的音乐世界似乎绝不指向消极的自毁性方向。或者莫如说可以从他的音乐中发现奇异的开朗、坚韧、现世性达观或满不在乎那样的东西。换句话说,他的音乐将不无“灾难憧憬”意味的压抑“心绪”在光天化日之下的法律框架内潇洒地付之一炬。也就是说,他首先怀疑现实而又通过怀疑那个怀疑重返现实……似乎是。比如“热得几乎脑袋胀裂/所以吃了肉酱(《肉酱》);比如“幸好我没买那把神秘的壶/大家都这么说。可是如果顺利,我说不定会讲英语……”(《GO! GO!》)

如此这般,我手握方向盘,一边半看不看地看着东名高速公路熟悉的风景,或者一边不敢懈怠地留意小田原——厚木路段可能潜伏的“便衣”警车,一边不知不觉地侧耳倾听车内音箱流淌出来的菅止戈男音乐的歌词。这基本成了习惯或者不如说有了中毒意味。抑或,我也把自己的脚踏进了这样的世界:“怎么样,老兄,不坏的吧?就是有感觉的吧?”

这么着,作为我很个人地、总的说来偷偷地喜好上了菅止戈男氏的音乐。至于他这个人有怎样的经历、实际忙于怎样的活动，我几乎一无所知。他有怎样的人气、CD卖掉多少数量，这些也压根儿不知道。我也不很想知道，也没多大必要知道。这样，一天在工作间放他的CD的时候，我的助手女孩（露脐族）问道："嗬，春树，你听菅止戈男的？""哦，你知道菅止戈男？""瞧你说的，不知道菅止戈男的人，人世上基本没有的哟！有名嘛！"试着问其他助手，也都表示："菅止戈男？知道知道。那还用说，粉丝嘛！"他在FM深夜广播里主持音乐节目，听那个的人也相当不少。唔——，原来这么有名。我大体是疏远世间潮流的人，广播几乎不听（一般夜晚十点前就睡了），除了电影、体育转播和定时新闻以外，电视也基本不看，所以这方面的知识根本进不来。对我来说，菅止戈男这个人虽然社会知名度不那么高，但从个人角度我相当喜欢——我擅自设定了这样一种私密性情况，看来这是相当大的错误。

写这篇文稿之际，想多少了解一下相关信息，于是上网查了菅止戈男的履历。据正规网站介绍，情况似乎是这样的：一九九八年中期第二张专辑《FAMILY》（家庭）行销时，"第五张单曲《街道》（Street）居全国FM广播排行榜第一名……同时作为幻冬舍文库形象代言人，出现在全国书店张贴的海报上。还在《an an》九八年版入选读者评选的‘喜欢的男人、讨厌的男人’中亮相。认知度已从核心音乐粉丝向一般大众扩展。”

这就是说，最初一年我大体是“核心粉丝”之一，但不久就无可避免地淹没在“一般大众”的漩涡中。也罢，这也是奈何不得的事。不过细想之下，菅止戈男式“心绪”如此迅速而广泛地为世人所接纳——这说明足以接纳的素质已经在社会一方夯实基础。柔软的混沌、近乎无聊的自明式忧郁、局部灾难的预感、健全的自虐、开朗的激进主义等等——这种“心绪”在一路凯歌的经济泡沫时期，至少作为目力所及的潮流恐怕是不存在的。

最后举出我最喜欢的歌词：

穿不惯西装和倾盆大雨
好像弄得我筋疲力尽

婚礼归来路上　不知因为谁的提议
走进幽暗的中国餐馆

“喂,近来工作可顺利?”

哪里谈得上顺利

我们不咸不淡地说着聊着

直到淋湿的鞋壳变干

临街的玻璃窗一片迷濛

屏蔽了窗外的世界

无论昨日夜晚还是去年此时

说的话都大同小异

(《淋湿的鞋》)

这样子,不折不扣是菅止戈男世界。不错啊!每次听歌,那情景都倏然在眼前立起。尽管是随处可见的无所谓的情景,却又让人忽然产生“未必是无所谓”的现实感,不无奇异的现实感。鞋中淋湿的感触和迷濛的玻璃窗的倦怠,就像某种预感或已然发生之事（但不知何故，已然失却）的记忆真切地传感到肌肤。用浅显的散文化语言讲述的柔软的激进主义那样的东西，确实就在那里。

那么世界有类似有效出口那样的东西吗？

我不知道。眼下只能接一句“直到淋湿的鞋壳变干”。

Climax（AUCK　19004）

# 星期日早上的弗朗西斯·普朗克

CBS 不朽唱片 101　大作曲家自作自演集 VO1.4
普朗克(CBS / SONY 20AC 1890)

## Francis Poulenc(1899—1963)

生于巴黎。曾师从西班牙钢琴演奏家里卡多·维涅斯(Ricardo Viñes)。二十年代前半期作为“六人团”(Les Six)的一员进军乐坛。根据阿波利奈尔(Guillaume Apollinaire)和艾吕雅(Paul Eluard)等人的诗创作了许多歌曲、宗教音乐。此外还留下了钢琴曲、室内乐曲、芭蕾舞曲和歌剧等作品。

记得是在一九八八年春天,我一个人在伦敦大约生活了一个月。在艾比路(Abbey Road)附近租了一个按月租的小公寓套间,在那里闷头写小说,写《舞!舞!舞!》那部长篇。十五六年以前的事了。总觉得像刚刚过去似的,这怕是上年纪的证据,对吧?

伦敦这个城市,不管怎么说,都是听古典音乐的理想之地。选项充实,每天那里必有值得听的演奏会。当然,纽约也一样,有很多演奏会场,来自世界各国的知名音乐家的演奏会一场场排得满满的。而一旦置身于曼哈顿正中心,却又很难上来去听古典音乐的心情。自不用说,这也许仅仅是对个人的感觉。不过,较之总好像是在俯身前冲那样的纽约街头的刺激性氛围,伦敦表现出的是"我自岿然不动"那一姿态。日常性呼吸这样的空气,难免散步当中(或许可以这样说)就脚尖一歪去了音乐会场。

在音乐厅见得的听众阶层，伦敦和纽约也好像颜色有相当不同。比起伦敦的听众，纽约的听众似乎有凸显自己知性的地方。说刻意为之也好什么也好，反正眉间聚起几条皱纹。而伦敦的听众则要放松一些。仿佛说“还不是，昨天的继续是今天，今天的继续是明天……”即使听同样的曲目，纽约和伦敦的音响方式也不一样，相互——指演奏者和听众——身心放松的状态也好像有所区别。

及至在法国和意大利的城市听音乐，环境好得当然不亚于伦敦。但遗憾的是，功能方面多少有不便之处。比如买一张票，伦敦快得多简便得多。而当时在意大利买音乐会的票——现在不晓得如何——很多时候比登天还难。无论雨中雪中，都必须从一大早就在剧院前排队。伦敦根本没这样的事。啪啦啪啦翻一下市区信息杂志，找到想听的音乐会，马上即可电话订座。报出信用卡号码，在剧场窗口说出名字取票，仅此而已。只要不是特别叫座的演奏家的音乐会，预约基本顺顺利利没什么问题。价钱也非常合理。作为从意大利转来的人，甚至有些不好意思，心想这么轻松愉快是不是合适。

因此,旅居伦敦一个月时间里,我迫不及待地前往音乐会场。从大型交响乐团到室内乐,从器乐、歌剧到芭蕾,只要有我可能感兴趣的,就一个不漏地听下去。早早起床集中精力写小说,写累了下午散步,在酒吧喝着红茶看书。日落天黑,穿好上装去听音乐。那一时期最大的收获,到底是布里顿(Benjamin Britten)的歌剧《比利·巴德》[Billy Budd,地点为国家歌剧院。由托马斯·艾伦(Thomas Allen)饰演比利·巴德]。虽然故事灰暗、十分沉重,但舞台充满寸步不让的英国式自信,具有强烈的感染力,刻骨铭心。

至今仍清楚记得的,是星期日早上听的让-菲力普·科拉德(Jean-Philippe Collard,钢琴)的演奏会。清一色普朗克曲目。此外是布洛森·迪儿莉(Blossom Dearie),虽然不是古典音乐,但在小型夜总会很洒脱地自弹自唱(那时她还没有像今天这样大红大紫)。

说说普朗克的演奏会。我是从城市信息杂志上得知的,不由得稍微歪了下头:怎么,又是星期日早上?过去我就极喜欢普朗克音乐,这次也不可坐失良机。演奏会不是在音乐厅,而是在一座石结构老建筑物中一间不太大的大厅里举行。倒是记不真切了,大约是英法交流协会那类团体主办的例行活动之一。总之规模很小,朴实而又有亲密感。四月一个星期日的阳光从窗口静静照射进来。便是在那种十足的沙龙气氛中,科拉德如鱼得水一般轻快而得意地(看上去)一首接一首演奏普朗克的钢琴曲。从时间上看,尽管是小型音乐会,但对于我乃是不折不扣的幸福时刻。听得我由衷感慨:原来普朗克的钢琴音乐是应该这样演奏、这样品听的啊!若在大音乐厅里演奏普朗克所有曲目,想必相当累人吧(没听过,只是想象)。

从书上得知普朗克只在早上作曲这一事实,是在那很久以后了。他只在晨光中创作音乐,始终如一。读到这里,我恍然大悟:噢,怪不得!他的音乐的确同那个星期日早上的空气浑融一体。拿来比较是有点儿不太好意思——说实话,我也只在早上写作。大体清晨四五点钟起来,对着桌子聚精会神写到十点。日落后若非有极特殊的情况就一个字也不写了。我之所以为普朗克的音乐所吸引,说不定这也是个原因。

弗朗西斯·普朗克的音乐近来相当频繁地出现在演奏会上,录音机会也增加了。相应地,优秀演奏也比比皆是。不过从整个音乐市场来看，仍是被评价过低的作曲家。没有一鸣惊人的代表作诚然是个因素——例如同艾里克·萨蒂(Erik Satie)相比，知名度就十分之低——但作为音乐的格，普朗克比萨蒂明显高出一截。试着翻开碰巧手头有的《名曲名片300NEW》(唱片艺术编，音乐之友社出版，1999年)这本书一看，贝多芬入选三十九曲，莫扎特入选四十曲，而普朗克踪影皆无。啊，既然普朗克的名字都没出现，那么就是说普朗克即使不出现也自有其道理……不过想来，这两人并没有什么因果关系。

我最初邂逅普朗克的音乐，是上高中时通过弗拉基米尔·霍洛维茨的天使(Angle)唱片(是那种如今令人怀念的红胶唱片)。霍洛维茨演奏了《牧歌》和《托卡塔》。《牧歌》是一九二七年、《托卡塔》是一九二八年谱写的。霍洛维茨录制这两曲是一九三二年的事，就是说他演奏了刚刚出炉热气腾腾的乐曲。霍洛维茨出生于一九〇四年，普朗克年长五岁，大体不妨说是同代人。鲁宾斯坦也曾将普朗克的作品作为同代音乐积极演奏过。由此观之，想必年轻才子普朗克的名字在当时的巴黎沙龙还是为人瞩目并获得好评的。霍洛维茨和鲁宾斯坦特意演奏普朗克的乐曲，以当下说来，感觉上好比“比尔·伊文斯演奏伯特·巴卡洛克”（Bill Evans Plays Burt Bacharach）（实际没这回事）。近来，尽管仍局限于部分沙龙内部，但古典音乐开始作为当代活的娱乐活动得到演奏。

以时间而言，霍洛维茨演奏这两曲的时间短得惊人（分别为二分十二秒、一分五十二秒）。演奏十分了得，只要听上一次，就会永远紧紧附在记忆的墙壁上，说同发狂仅一纸之隔也未尝不可。《牧歌》中那仿佛在太阳光波中腾云驾雾般灵魂离体的恍惚状态诚然非同凡响，但《托卡塔》中那犹如局部龙卷风的神出鬼没、无可理喻的回旋演奏，只能令人当场匍匐在地。于是，十七岁的我被霍洛维茨演奏的这两支短曲拖进了普朗克世界。现在重新听来，那里提示的是无论如何都很难说是“普朗克特有的音乐世界”的特殊世界。睿智、轻快、讥讽之类的东西被洗劫一空，一半身体已开始赶往彼侧世界。在那里，普朗克的音乐被脱胎换骨，成了无可怀疑的霍洛维茨版故事。说到底，听普朗克音乐此外还能听到如此令人惊叹的演奏吗？

霍洛维茨对普朗克的音乐怀有好感,个人之间也结下了交情。普朗克高度评价霍洛维茨,称赞他是实力出类拔萃的钢琴家(甚至创作献给霍洛维茨的乐曲)。不过这且不论,而在根本上,霍洛维茨和普朗克的音乐世界有的地方似乎并不那么吻合。在为构筑自己固有的 narrative(叙述)选择有效"素材"方面,霍洛维茨是个极其直觉性的、而且极为小心谨慎的钢琴家。以这一语境观之,普朗克和莫里斯·拉威尔(Maurice Ravel)的音乐恐怕最终未能成为之于他的优良素材。事实上,找不到战后的霍洛维茨热心演奏普朗克音乐的形迹。若不勉为其难(如勉强采用《牧歌》和《托卡塔》那样)就无法从其文法中抽出自己需要的动力因素(dynamism)——无法顺利剥离——这样的地方想必使得超个性钢琴家霍洛维茨对普朗克音乐失去了应有的兴趣。

普朗克也是在与霍洛维茨不同意义上的具有极为个人性质倾向的音乐家。他是个纯粹的城市人,讨厌装腔作势的夸张表现,推崇反讽性洗炼,看重普通语汇背后隐藏的双关性。普朗克音乐在这方面具有的强度"普朗克性",不仅霍洛维茨,似乎也是使大部分一般钢琴手感到犹豫之处。作为证据——当然是指迄今为止——几乎找不见积极演奏普朗克的知名钢琴家。即使上面说的鲁宾斯坦,对于普朗克的作品,说"放筷子"也好什么也好,反正看上去也仅给予其类似风味独特的小菜那样的、总之就是加演(encore)性质的角色。

结果,普朗克的钢琴音乐成为法国(或法裔)钢琴手或者对此类近代音乐感兴趣的专家的除草场即"小众"(niche)领地。当然,那也完全没什么不好。我想,人世间存在那一类型的音乐也没关系。实际上我也是在伦敦那个星期日的早上小众地、畅快淋漓地欣赏了科拉德精彩的钢琴演奏。不过老实说,老听那样的东西也会多少让人听厌。"普朗克?不错啊,简直就是巴黎的早晨!"这话说起来自是轻松,但仅仅那样果真就可以了么?总停留在类似"睿智咸菜"那样的地方也可以的么?——这两个疑问(倒是偶尔)如焚烧晚秋落叶的细烟一样从我的心间阒无声息地袅袅升起。曾几何时,霍洛维茨将普朗克音乐作为素材(material)端出来的那种仿佛颠覆全世界所有菜肴的"威力"还能在哪里见到吗?至于普朗克本身追求的是不是那样的音乐状态则另当别论。

现在我家里有罗杰(Pascal Roge)、帕金(Eric Parkin)、塔西诺(Gabriel Tacchino)等人演奏的普朗克钢琴乐曲集CD,于是分别应时地欣赏一番。整个平均地看,眼下好像罗杰的最好(关于我喜好的《法国组曲》,则是塔西诺的演奏妙不可言)。罗杰的演奏十分细腻敏感。没有疏漏,平衡感恰到好处。普朗克式氛围也始终如一。左摇一下右摇一下那种情形全然不见,同其他钢琴手相比,似乎高出一格。只是,其中没有令人目瞪口呆惊天动地般的高潮。

因此,说不可强求倒也罢了,但作为我还是这样思忖:普朗克的音乐毕竟作为二十世纪的“古典”活了下来,由少数专家以外的多少富有野心的——最好重量级的——钢琴手完全从正面积极演奏他的音乐又有什么不应该的呢?就像相当于普朗克前辈的莫里斯·拉威尔的音乐因为同时由法国以外的演奏家积极演奏而被迅速相对化、获得更为立体和普通的音乐形象那样。例如……这个嘛……伊凡·波戈列里奇(Ivo Pogorelich)和内田光子等人就不能勇敢挑战普朗克的音乐世界吗?合不合我个人心意自是不知,而若有那样的CD上市,我横竖都要买来听一听。将有怎样的普朗克音乐出现在那里呢？菜肴会被巧妙颠覆不成？

有件事忘了——本来不可以这么轻易忘掉的——作曲家本人的演奏留下了几个。普朗克这人作为钢琴手也为人所知，一九五〇年他为哥伦比亚唱片公司录制了几首自己谱写的钢琴曲：《三首无穷动》、《C大调夜曲》和《法国组曲》。演奏直截了当，大概有意排除了作为演奏家的"添油加醋"，听起来让人大有好感。不过，若问有没有类似回肠荡气或点头称是那样的新鲜发现，那却是没有的。听了几次之后，就觉得一切都不出意料，让人难以尽兴。这种地方乃是音乐的难点。太莫名其妙了不好，太在意料之中也有点儿不好。当然，作曲家演奏本人作品的历史贵重性是无论什么都难以取代的。这同小说家的"创作谈"是一回事，虚晃一枪的部分相应也是有的。文本和解释终究是建立在不同层面的东西——这是我听了这个演奏后的切实感受。

不过，这张CD也收录了夏布里埃（Emmanuel Chabrier）的歌曲。普朗克为这两首的伴奏非常生动，富有感染力。歌是由其多年盟友男中音皮埃尔·贝纳克（Pierre Bernac）唱的。

作为我，情不自禁地想更深入地这个那个顺势写一写普朗克留下的钢琴曲。可转念一想,这段时间在古典音乐方面好像尽谈钢琴曲了(若说是因为我个人喜欢钢琴曲,那倒也是实情)。所以,如果可能,这回我想谈谈钢琴曲以外的乐曲,尤其关于声乐作品。普朗克留下的室内乐作品当然也够精彩,特别是使用木管乐器的作品的多彩多姿!但是,就独特性而言,声乐作品彻头彻尾、彻尾彻头是"普朗克式"的。若自称是普朗克迷的人,恐怕最终无论如何都要在这一领域着陆,我觉得。

我喜爱的普朗克声乐曲有《假面舞会》(Le Bal Masqué)。这是作者称之为"世俗康塔塔"(Cantata)这一形式的乐曲,在室内管弦乐队(由八人到九人左右组成)伴奏下演唱(男中音或女中音)。这是接受以艺术赞助人闻名的诺阿耶子爵(Charles de Noailles)夫妇之托于一九三二年谱写的。歌词用的是当时受人欢迎的犹太裔诗人马克斯·雅各布(Max Jacob,1876—1944)的超现实主义诗作。普朗克终其一生都在孜孜矻矻不断谱写除了普朗克谁也写不出来的那类音乐,即使在这《假面舞会》里边,展示的也绝对是非普朗克莫属的音乐世界。演奏时间不到二十分钟。以小说比之,也就是 novelette(中篇)那样的规模,越听越觉得魅力四溢出奇制胜。

通观普朗克的整个音乐,不难看出其具有相当焦燥抑郁的倾向。既有以谐出庄的欢快得活蹦乱跳的音乐,又有表现压抑沉重一本正经性格的音乐。无须说,这种双面性是普朗克音乐的一个巨大魅力——二者以相辅相成的形式齐头并进——而这《假面舞会》显然属于前者范畴。因为马克斯·雅各布的诗作本身也有那样的色彩,所以说理所当然也是理所当然。但音乐方面不怀好意的“恶作剧”因素也很浓。不过感觉上,中期(说是中期,其实也就三十岁刚过)普朗克的才气也因此展示得淋漓尽致,令人百听不厌,几乎到了不可思议的地步。当时巴黎的沙龙作为空气存在的现代主义芳香被原封不动、利利索索地移植到现代,而且不失鲜度,依然栩栩如生。很容易被听成轻飘飘没有根底的流行音乐,却又意外具有沉甸甸的重量。坐下来潜心听这首乐曲,得以再次理解,比之与他同时代的作曲家,普朗克是何等受惠于与生俱来的天分!

过去我在家里放到唱机转盘上的《假面舞会》是托马斯·艾伦(在前面说的《比利·巴德》也出现了)在纳什合奏

团(Nash Ensemble)伴奏下演唱的男中音唱片。指挥是莱昂内尔·弗雷德(Lionel Friend),由CRD这家英国唱片公司制作发行,录制于一九六八年。虽是少见的纯英国味普朗克,但意外之好。诚然,巴黎的边缘性氛围多少有所后退,知性包装触目可见,不过或许可以说,相应而适度地——中等程度的辛辣口味——增加了"相对化"处理。较之作为外表的虚伪歹毒的粗野,强调的更是内部的结构性。无比推崇豪放洒脱风格的基本教义派普朗克拥趸或许略有异议(尤其对于艾伦演唱的直截了当),而对于我却是心悦诚服的愉快演奏。至少我因这张唱片得知《假面舞会》之曲的存在,并且长期听而不厌。即使听的次数再多,也基本没发现哪一点叫我心怀不满。

一九九六年录制的由小泽征尔指挥的斋藤纪念管弦乐团(Saito Kinen Orchestra)演奏,同纳什合奏团大异其趣。音乐更为流畅,更为深邃和多元。一如小泽征尔－斋藤纪念管弦乐团的音乐的惯常表现,此次通过高级涂漆般流丽的音质而赋予普朗克"小世界"以纵深度。小泽征尔在其职业生涯中一贯系统地、高蹈地追求普朗克的音乐。他造就的普朗克音乐同迄今世间流布的约定俗成的普朗克拥趸的版本相比,气氛大相径庭。我们可以从中发现一种世界观——超越了乔治·普列特(Georges Pretre)、安德烈·克路依坦(Andre Cluytens)等所谓信徒式法裔演奏家迄今作为正统而连续描述的普朗克形象的世界观。

不过与此同时——或许应说与此相对——其中也有失去的东西,那不妨说是粗野的空间。类似不知从哪里“嗖嗖”吹来的空隙风那样的“随意性”好像很难从此人提供的普朗克音乐中找到了。以汽车为例,乘坐法国或意大利的车,经常发现装配不好、塑胶面板错位或仪表盘贮物盒关不严等缺陷。然而另一方面,法国车和意大利车自有其无可他求的独特气味和感触。即使随便握一握方向盘,也会产生一种实感:做得虽然相当马虎,不过倒也够开心的!而且,对于法国车和意大利车,那样的手感是其无法抗拒的一个魅力。而要在日本车上求得这样的魅力,其可能性基本是零。话虽这么说,倘若丰田车本田车模仿法国车意大利车而有意弄出错位和空隙来是不是就好了呢?那当然不好。用户也无此要求。不言而喻,丰田车本田车充满自信地每天钻研和制造自己应制造的车即可。为时不久,自会产生个性,产生惟独日本车才能展示的哲学。一种应致以敬意的普世性风格总有一天被创造出来，如果顺利的话。

将音乐比作汽车未免牵强附会，不过出自小泽征尔之手的普朗克音乐造型，或许与此不无相似之处。小泽征尔-斋藤纪念管弦乐团在松本文化会馆公演的普朗克歌剧《加尔默罗会修女的对话》实在是一场打动人心高质量的舞台艺术。尽管内容极为正统、深刻，但其音乐一气流注，不折不扣的普朗克式 mesmerising（催眠术式）之美无所不在。拟古性与革新性、文本的晦涩与质地的润滑——这位作曲家固有的双重性通过歌剧这一大型容器而表现得淋漓尽致。小泽征尔同波士顿交响乐团联手进行的普朗克作品系列录音（尤其《荣耀经》与《圣母悼歌》）也是佳作，但作为印象，在与斋藤纪念管弦乐团搭档之后，音乐的动势有了更强烈的手感，指向的地点也比过去增加了清晰度。

归根结底，普朗克的音乐将这种关于二律背反性的决断不停地摔给演奏家。他的音乐一方面希求特殊性、孤立性，一方争取多元化、相对化。相对化的推进必然使特殊性趋于淡薄，普朗克风味归于消失。而若坚定追求普朗克风味，专门化、信徒化就难以避免。换言之,或者深挖战壕顽抗到底,或者毅然出阵一决雌雄——无论对演奏家还是对普朗克的拥趸,这都是艰难的选择。小泽征尔的似乎是出阵对决之路。想必,既有人予以肯定,又有人不以为然。但有一点应是毋庸置疑的:普朗克的音乐世界因为小泽征尔进行的一系列尝试而进一步增加了客观性纵深度。我个人对这种积极的音乐探索给予高度评价。只是,持续听小泽-普朗克音乐时间里,因其过于精美而好像有时怀念起有"空隙"的不无轻佻的普朗克来。

普朗克的歌曲百分之百是个诱人的聚宝盆。他整个一生都在创作歌曲,身后留下了数量庞大的作品。不过,大半产生于年轻时期。后来的他由于将精力更多地倾注在宗教曲中,歌曲方面多少受到了忽视。他说:"歌曲这一形态是献给年轻的日子的。那是生命活生生的迸射。"与此对应说来,他留下的宗教音乐恐怕恰恰是"人生洞察的抽取物"。这也是普朗克两面性的表现。

多年来不断演唱普朗克歌曲的皮埃尔·贝纳克在作曲家去世后这样说道:"毫无疑问,歌曲领域表现了普朗克最为出色的一面。当他从文学作品中获得灵感的时候，他的创作力比其他任何时候都更加自发、更加汹涌地奔流出来。语汇的色彩、乐句的音响、脉搏的节拍、文本的形式——一切融为一体，在律动上、和声上、旋律上给他以灵感。”

至于普朗克作品群中是否歌曲最好，这点我不敢断言。不过他留下的歌曲中的确很少找得到尝试过程中的错误和苦恼遗痕。感觉上一切都那么圆熟流畅，那么率性自然，应运而生。如果细细验证，实际上未必如此，但至少像我这样在日常生活中普普通通听来的人有这样的强烈印象。心想这些歌曲怕是短时间里一挥而就、自然生成的吧！我们听普朗克音乐过程中领略的心情的怡然、精神的自由、感觉的恍惚想必都是从如此印象中派生出来的。那里几乎找不见他创作钢琴曲和管弦乐曲中不时感觉到的小小的别扭。对于我们，每一曲都好像各得其所。

长期以来，我一直以苏才（Gérard Souzay）与巴德温（Dalton Baldwin）的 LP（RCA LSC－3018）欣赏普朗克的歌曲。这张唱片收录了十三首歌曲，但因是进口唱片，又不巧没带歌词卡，以致我很长时间里全然搞不清法语歌词的意思，就在不解其意当中反复听此唱片。这是因为,单单侧耳倾听其中语言的动静,就能够完全——我觉得——理解和欣赏其音乐。

普朗克一生总共谱写了一百五十首歌曲。其中一百三十首是给同时代的诗人作品谱写旋律——他便是如此严格筛选诗作,以对诗作内容的深度介入来创作歌曲。话虽这么说,但我以为并非理解不了诗的内容就理解不了其音乐的本质。反复听苏才的演唱过程中,我开始对普朗克的音乐有了如此强烈的印象。苏才的演唱极为轻柔圆润,较之传达感情的力度,莫如说更为珍惜语言的自然韵味,一如室内乐中雄辩的木管乐器。在这个意义上,或许可以说我是比照苏才的歌唱、连同或多或少的个人偏向来欣赏普朗克歌曲的。

皮埃尔·贝纳克在普朗克伴奏下演唱的,如今已被作为一个古典保留节目受到"特殊规格"待遇。比较听来,贝纳克的演唱要比苏才多一些说服力。这决不意味强加于人或说教性什么的。作为印象,贝纳克是带着感情一个个小心唱出诗句的含义。普朗克的伴奏也与之配合,就像谈话一样自由奔放地在后面绕来绕去。声音与钢琴细致入微地协同推进。那自是精彩的歌唱、出色的演奏。问题是,听惯了(彻底习惯了)苏才演唱的我的耳朵,听这个多少有些吃惊:哦,这么不一样!当然,毕竟录音时间相隔三十多年(苏才的录音主要集中在七十年代中期,贝纳克则是在四十年代中期),演奏风格听起来不一样在某种程度上也是情有可原的。尽管如此,我觉得贝纳克的演唱风格同苏才之间也还是有不能完全以时代差解释的本质性音乐观的差异。

我感觉,较之一字一句的含义,苏才所要全方位积极表现的更是诗与作曲者之间的介入程度,更是二者的磨合情状。借用贝纳克的说法,同诗本身相比,他更把焦点放在曲作者从中"获取灵感"的过程。不妨说,他是在结构性地演唱歌曲。因此,倾听苏才热情潇洒演唱的普朗克歌曲,即使不太明白歌词意思,也能产生"也罢,这也蛮好嘛"那样的心情。而听贝纳克以华丽而表情丰富的风格演唱的普朗克,觉得还是要弄懂歌词含义才行。那恐怕不是谁对谁错孰优孰劣的问题,而只能说是本初姿态的差异。至于选择哪个,不用说,那是听的人的自由。我倒是真心希望两个都听(这里也出现了普朗克特有的二律背反性)。

我以为,普朗克的歌曲中,比之感情直截了当的表达,似乎更是一种感情同其针对的对象之间产生的类似龃龉感和反讽的东西具有相当大的意义。普朗克那并不一条道跑到黑的铁杆都市性会偶尔轻轻一闪。至少我得到这样的印象。对于这种龃龉感和反讽性,我们可以在普朗克旋律独特的调和与调和性对抗(超调和)中,进而言之,在“调和与调和性对抗(超调和)的对抗”中听出来。普朗克歌曲通过那种不无weird(古怪)的“环环相扣”式感觉获得优秀的现代性并将维持至今。而且,那种特别感觉由曲作者与诗作之间顽强存在的affinity(亲和性)提供坚实的基础。因此,演唱普朗克歌曲的歌手必须准确把握其affinity。反过来说,只要把握了affinity,那么歌手就应该能在其范围内相当自由地追求演唱风格。至于什么是最为普朗克式的,想必那将由于每个歌手选取的方法论的不同而大为不同。在这样的意义上,我称赞苏才的演唱是优秀表达(之一),实际也长期百听不厌。

“我喜欢人的声音”,普朗克每每说道。他对人的声音(La voix humaine)的偏爱情形,在哪一首歌曲中都清晰可见。普朗克决不过度使用歌手,不使其为难,不要求超群技巧。他极力排除不自然的声音,希望歌手在生活中使用的普通声音的基础上加以提高。一如莫扎特在嬉游曲和小夜曲中使用管乐器时那样,普朗克温情脉脉地对待人的歌声。

“回避我是同性恋者这点,就无法谈我的音乐”——普朗克在哪里这样表示。从初登乐坛阶段开始,他就直言不讳自己是同性恋者。对此他既不以为荣,又不以为耻,只是默默背负它求生。他还这样说道:“我不曾为了在音乐层面消解诗含有的问题点而依赖知性这一手段。同那个(知性)相比,我更看重心的声音和本能。将诗转变为歌是爱的行为,而不是权宜性婚姻。”

使用“爱的行为”、“权宜性婚姻”这一说法时,普朗克脑海中出现的,应该是包括同性恋意味在内的性爱图像。为了对自己的音乐诚实,对自己的性爱取向也必须诚实。而这恐怕正是他就此直言不讳的真正意义。因为,和现在相比,当时对同性恋者的社会性偏见强烈得多,自己主动承认需要相应的决心。

作为我,觉得普朗克优美细腻的知性歌曲应该得到社会高度评价。贝纳克和苏才演唱的那些优美歌曲,应该得到更多人欣赏。毫无疑问,普朗克留下的歌曲作品群是留在我们手上宝贵而诚实的二十世纪财富。但与此同时我还这样想道:说不定眼下这样的普及度再合适不过。对我而言,普朗克的歌曲完全是“亲密而私人性质的”音乐。这样的表达也许过于自私。不过,“太走红而变得万众瞩目也不好办啊”(估计不至于)这样的心情也的确悄然潜伏在我身上某个地方。是的,弗朗西斯·普朗克是一位在多种意义上绝对二律背反性质的音乐家,一位展示不同面孔的音乐家。

最后说一句。我怎么都习惯不了用 CD 听普朗克的钢琴曲和声乐曲。毕竟一曲曲演奏时间短,致使一张 CD 将很多乐曲一古脑儿塞了进去。这样一来,我们势必——我是说如果听之任之的话——一首接一首连续听一个多小时普朗克的钢琴音乐。而如此听法,我觉得会使普朗克音乐具有的魔法般的美丽受到相当严重的破坏。

用往日的 LP 听一阵子,听到想听的地方,而后提起唱针回味一番……我想或许这才是普朗克钢琴曲和歌曲最为正确的听法。当然,只要有意,CD 也能采用这样的听法。但作为情绪,我觉得简单的手工式做法更符合他的音乐。进一步说来,或者气氛上 SP① 更合适也未可知。问题是,那么说来就没个完了,姑且用 LP 忍受一下好了。在心旷神怡的星期日早上打开真空管大号音箱——如果你正好有那东西的话——等待其升温热机(那时间里可以烧水煮咖啡什么的),然后把普朗克的钢琴曲或歌曲的 LP 慢慢放在唱机转盘上。应该说这到底是人生中的一大幸福。这或许的确是局部的、偏颇的幸福,也可能这种做法只适用于极少一部分人,但我以为即便微乎其微,那也应该是世界某个地方必然存在的一种幸福。

① SP:Standard Play 之略,比 LP 更早的黑胶唱片。

Cérard Souzay, Dalton Baldwin,
Songs of Poulenc (RCA LSC-3018)

# 作为国民诗人的伍迪·格斯里

This Land is Your Land
(日本哥伦比亚　Y2－93－FM)

## Woody Guthrie(1912—1967)

生于俄克拉何马州奥克玛(Okemah)。自三十年代起浪迹天涯,创作了后来成为民谣经典的无数歌曲。四十年代由RCA推出专辑唱片《沙尘暴民谣》(Dust Bowl Ballads),给予鲍勃·迪伦以及汤姆·帕克斯顿(Tom Paxton)、琼·贝兹(Joan Baez)等后来的艺术家以很大影响,被称为“民谣之父”。

这次之所以想写伍迪·格斯里,有这样几个理由。首先第一个,前不久美国刚刚出版了格斯里新的传记《漫步者:伍迪·格斯里的生活与时代》(Ramblin'Man:The Life and Times of Woody Guthrie,W. W. 诺顿出版),著者为艾德·克雷(Ed Cray),乃是将近四百页的大部头力作,读起来相当过瘾。史达·特科(Studs Terkel)写了热情的序言。

实不相瞒,看了这本书我才知道伍迪·格斯里这个人的真实面目。哈尔·亚西比(Hal Ashby)导演、大卫·卡拉丁(David Carradine)饰演主角的格斯里传记影片《光荣之路》(Bound for Glory)诚然妙趣横生,堪称佳作,但电影大体是以格斯里本人称为"自传式小说"的同名书为基础改编的,其中的趣闻趣事同事实有很大出入,也有添枝加叶部分。当然,从好莱坞音乐传记影片寻求百分之百的真实，说到底是一种粗莽行为。不过，这部影片使得格斯里的形象在世间相当强烈地固定下来。我觉得自己也基本是以从电影中获得的基础知识来听他的音乐的。但真正的格斯里其人、他所经历的活生生的人生，和电影中刻画的有很多不同。真相更加复杂、更加灰暗，也因此更有深度。对于影片没有刻画的真实部分，此书运用新的资料做了步步紧逼的如实描述。这方面到底值得一读。翻译过来被广泛阅读自是好事，可惜伍迪·格斯里在日本没有多少普遍性人气，可能有些难度。

其次一点，英国的民谣歌手比利·布瑞(Billy Bragg)受伍迪·格斯里女儿诺娃·格斯里(Nora Guthrie)之托，为他留下的数量庞大的歌词的若干首进行谱曲——其CD最近发行引发了不少话题。第一辑和第二辑的名称是《美人鱼大街》(Mermaid Avenue，Elektra唱片公司发行)，比利·布瑞和美国实力派摇滚乐队威尔克(Wilco)合唱团共同制作。这两张CD内容十分充实，听起来尤其让人油然生出好感。英国受格斯里影响的“正统派”民谣歌手似乎不在少数[准确说来，同格斯里难分彼此的杰克·艾略特(Jack Elliott)给了英国以强烈影响]，比利·布瑞好像也是程度相当可以的伍迪·格斯里一族，说中毒很深也好什么也好，那唱腔总好像自己彻底成了格斯里似的。不仅如此，他的音乐由于威尔克的策划和伴奏而获得了更为充沛的现代性。比利·布瑞追求传统的格斯里形象，而威尔克方面则追求比格斯里元素更为现代性的诠释——这种双重构图委实非同凡响。

不过，从“幕后花絮”录像中看来，布瑞和威尔克在制作这两张专辑过程中因为种种原因——至于具体是什么原因则不明了——而决裂，无论音乐上还是感情上都分道扬镳。但至少以收录在这张CD中的音乐听来，双方的合作还是朝着正确方向推进的。

关于此外的第三个原因，差不多已是十年前的事了，布鲁斯·斯普林斯汀为了向伍迪·格斯里表示敬意而制作了《汤姆·乔德的亡灵》(The Ghost of Tom Joad)引发了不大不小的话题。布鲁斯·斯普林斯汀之所以在现今阶段正面提起伍迪·格斯里，当然同他的政治姿态越来越具有自由派民粹主义色彩密切相关。鲍勃·迪伦也是五十年代后半期没少受格斯里音乐影响的一位歌手，而他归终在中途稀释其政治信息性。具体说来,他通过电声化而将音乐之舵转向更为大众化的摇滚音乐。当然,从当下阶段来看,可以理解那是之于迪伦自身音乐的无可回避的发展,但当时大多视之为“变节”。何况事实上,抗议歌曲这一音乐潮流也因迪伦的离队——也就是因为失去其强大的象征——而或多或少断了命脉。

然而,属于“后迪伦”一代的布鲁斯·斯普林斯汀再次将伍迪·格斯里作为新的政治信息歌曲树立起来,以此问世。他的歌迷的平均部分恐怕不具有关于伍迪·格斯里的知识,心想“什么呀,莫名其妙,又不是摇滚!”于是,在未被注意的情况下从视野中消失得无影无踪。斯普林斯汀作为启发对象设定的年轻蓝领阶层,如今已经成了保守政权的支持基础,因而那样的战略本身就多少有些勉强。可是,斯普林斯汀本人从一开始就已打定主意(大概):即使卖不动也没关系!毕竟他是作为一种宣言做的,所以卖得不好对他本人也无所谓。对他来说,这张专辑的意义在于作为自己的一个音乐目标(不是全部)来牢牢确立伍迪·格斯里这个定点,如此而已。换言之,格斯里至今仍作为美国音乐的一个枢纽、一个选项、一个有力的参照物而有效地发挥功能。这点只要听一下同警察当局争吵不休的问题信息歌曲《美国皮囊》[American Skin(41 shots)]——倒是没有收入这张专辑——就不难理解斯普林斯汀向格斯里致敬的心情。

不管怎样,近年来有这几种看得见的动向,重新诠释伍迪·格斯里留下的音乐这项作业以与此相伴的形式稳步进行。长期被保守派人士斥为“共党垃圾”加以轻蔑,同时被进步派人士无条件推崇为“现代圣人”、“美国良心”的格斯里正在作为一个赤裸裸的人、作为音乐家被以新发现的广泛资料为基础重新评价,获得新的视点。他留下的许多优秀音乐和他怀有的许多问题、矛盾被洗掉传统污垢,以正负借贷对照表的形式被梳理和提交在人们面前。我们将从今天的立足点重新验证他的音乐,以新的耳朵重新品他的音乐。

对于格斯里这样具有历史意义的人物来说,这是理所当然的作业。特别是在布什政权强行推进被称为“新保守主义”(Neocon)的保守主义政策、扩大贫富差别、美国这一社会体制——这不仅仅限于美国一国的问题——的基干受到质疑的现在,重新诠释伍迪·格斯里这一音乐价值的作业,尤其具有重要意义。通过音乐家格斯里毕其一生以满腔热情追求的

"美国式正义",在今天以至将来会具有怎样的整合性与可能性——此时此刻应该在这里就此加以思考,而且有思考的价值。

伍迪·格斯里这位音乐家是令人大跌眼镜的堂吉诃德,还是敢于挑战邪恶巨龙的高洁骑士?

在我送走一二十岁的六十年代,这一时期——尤其前半期——有类似大规模民谣热那样的热潮。金士顿三重唱(Kingston Trio)、四兄弟合唱团(Brother Four)、彼得、保罗与玛丽(Peter, Paul & Mary)等脍炙人口的所谓现代民谣此起彼伏。而在稍稍与此有些距离的地点,初期的鲍勃·迪伦和琼·贝兹等内容深刻的抗议民谣波涌浪翻。以时代说来,从肯尼迪政权的成立到民权运动的高涨,继而由反越战的年轻人的政治志向提供强力支撑。虽然在现在看来事情难以置信,但对当时的年轻人来说政治运动是全球性潮流。不过,在肯尼迪遭暗杀和越战升级变本加厉的冲击下,那种理想主义运动在短时间内便矛盾尖锐化,民谣音乐这一天真的容器根本容纳不下,而被吞入别无他例的多彩而强烈的多元运动之中：迷幻（Psychedelic）、毒品文化、硬摇滚、激进主义、毛泽东思想、神秘宗教、新世纪（New Age）、公社运动等等。上面说过的迪伦电声化是其转变的一个象征。总之到了六十年代末伍德斯托克音乐节举办之时，"纯正民谣"已然失去了其曾经的辉煌的大半——大概消失在大麻的紫雾（Purple Haze）之中了。

但是，六十年代前半期席卷世界的现代民谣热，的确非常新鲜、积极向上，有某种强烈打动人的东西。在那种不插电的悦耳声调的包围中倾听善良积极的信息——光是这样都能够产生自己此刻同什么连在一起的温暖的自信。说是微热倒也是微热，总之那是个可以自然而然接受那种东西的时代。在我的记忆中，民谣热是同约翰·F·肯尼迪政权带给世界的一种解放感紧密联系在一起的。而且，在那个时代，极普通的广播电台的音乐点播节目也经常播放伍迪·格斯里、皮特·席格（Pete Seeger）、织梦者合唱团（The Weavers）和汤姆·帕克斯顿等人的歌曲。他们的音乐是在"现代民谣始祖"那一语境下作为必须好好听的音乐以所谓启蒙目的来播放的。"唔——，是吗，那可是个认真的时代啊！"——于是不知不觉听了进去。反正我年轻时就是这样时不时听到伍迪·格斯里的音乐。他作曲的《这片土地是你的土地》(This Land Is Your Land)成了民谣复兴运动中公认的象征性歌曲,格斯里已然披上传说性外衣。尽管当时他本人已经淡出,在医院进入康复无望的长期疗养生活。

这种作为史料引用的价值另当别论。格斯里留下的录音——决不为多——之中任何时候听来都为之由衷倾倒的,是一九四〇年四五月间在纽约为RCA唱片公司录制的十二曲系列歌曲:《沙尘暴民谣》。另一位格斯里传记作家乔·克莱恩(Joe Klein)将此次录制定义为“二十世纪美国最具影响力的录音之一”。我也认为这绝非言过其实。越听越有底蕴的音乐就在这里。

其中收录的系列歌曲是格斯里以一九三五年四月十四日袭击俄克拉何马州、被称为“黑色复活节”(Black Easter)的那场沙尘暴为主要题材创作的(词是原创,但若干旋律“传承地”适当挪用了若干外部的)。影片《光荣之路》里面也有趣闻:格斯里在当时居住的得克萨斯州潘帕镇(Pampa)经历这场启示录式的沙尘暴。突然提起“沙尘暴”来，我们日本人很难想象，作为场景莫如说“灰土暴”更接近。由于实在过于干燥，风吹起的黄褐色细小的灰尘卷上数千米的高空，太阳整个隐没，周围不折不扣变得天昏地暗。太阳失去光热，高温急剧下降。既然歌词中说“眼前几乎伸手不见五指”，那么理应是规模非同小可的灾害。即使门窗紧闭小心守护，也还是有细小的灰尘吹进房子里，眼见地板上灰尘越积越厚。

对于俄克拉何马的农民来说，那年是最坏的一年。严重旱灾一连持续几年，凶猛的沙尘暴袭来之后，接踵而至的是铺天盖地的蝗虫。小麦等农作物的产量创历史最低记录。不仅如此，覆盖美国全境的严重经济萧条旷日持久，越来越扼住人的喉咙，哪里也见不到出口。俄克拉何马的农民不得不三钱两文卖掉祖父开垦的土地，或为了借钱而押给银行，把一点点家具装进破烂不堪的卡车，拖家带口赶往“应许之地”加州。约翰·斯坦贝克在《愤怒的葡萄》中详细描绘的汤姆·乔德一家就是由于接连不断的厄运而被迫背井离乡的这种贫苦难民的典型形象。据说这些“沙尘暴难民”近百万之数。穷困潦倒的黑人主要迁到北部成为工厂劳动者。而几乎所有的白人则去加州寻求务农的机会——有传言说只要去了加州，就有好日子等待他们。然而现实中等待他们的是辘辘饥肠、贫困和歧视。他们被称为“俄克佬”（Okies），作为一种贱民（outcaste）而受到蔑视。

和现在不同，这场“黑色复活节”般的灾难没有广泛而详细地告诉全国。自不待言，当时没有电视，没有互联网，甚至收音机都是奢侈品。正因如此，格斯里作为“沙尘暴难民”中的一员，必须将自己亲眼见到的诉诸自己的语言，配上自己的旋律，作为自己的故事，以几乎拱手相送的形式——至多通过地区广播电台的音乐节目——直接告诉人们。或者仍然通过音乐和境遇相同的人分摊无处宣泄的感情。也就是说，音乐是之于他的个人媒体，是共鸣情感的容器，是将信息刻录于对方意识的直截了当的武器。他的这种“欲罢不能”的诉说、尤其十二曲中无所不在的超尘脱俗的高远情怀直率地撞击我们的心。那里没有任何多余之物。有的只是简洁的语言、简洁的旋律、笔直的视线和心情，岂有他哉。

On the fourteenth day of April,

Of nineteen thirty-five,
There struck the worst of dust storms,
That ever filled the sky.
You could see the dust storm coming,
It looked so awful black,
And through our little city,
It left a dreadful track.

一九三五年四月十四日
来了一场从未见过的
凶猛的沙尘暴。
天空反正漆黑漆黑
只见沙尘暴远远奔来。
它在我们的小镇
留下可怕的伤痕。

(《巨大沙尘暴 / The Great Dust Storm》)

一眼即可看出,这是极其简洁的英语。因此,在美国买伍迪·格斯里的唱片或 CD,一般不会带什么歌词卡。就是说“那玩艺儿,一听不就明白了?”为了向听的人明确传达歌词信息,格斯里也尽可能使用简单的英语,以容易听懂的清楚发音歌唱。毕竟准确传达信息是他的歌的目的,听的人不知唱什么是非常麻烦的事。这点和 REM 音乐之类有很大不同。REM 近来总算许可印制歌词了,但即使看歌词也还是莫名其妙。总之音乐目的不一样。说格斯里是同样使用简明语言写诗的国民诗人惠特曼(Walt Whitman)的继承人也是因为这点。

尤其饶有兴味的是“汤姆·乔德”,这是相当胡闹的策划:居然将斯坦贝克的名作《愤怒的葡萄》压缩在 SP 两面以内。《愤怒的葡萄》作为小说当然也是话题作品,约翰·福特(John Ford)将之“压缩”成电影,同样受到好评。RCA 唱片公司想搭这个顺风车,于是请伍迪·格斯里制作“歌曲版”。或许有人怀疑此事是否可行,但实际一听效果非比寻常。简明扼要地归纳成六分钟左右的长度,伍迪演唱并且讲《愤怒的葡萄》。我认为到底是一种了不起的才能。每次倾听我都觉得好像重新通读一遍《愤怒的葡萄》。心想要是普鲁斯特的《追忆似水年华》也顺便做成同样的压缩版该有多好。估计这个很难做到。

伍迪去了比他年小的朋友皮特·席格[《花落何处》(Where Have All the Flowers Gone)、《如果我有一把锤子》(If Had a Hammer)的曲作者]那里借打字机,告诉他自己受唱片公司之托,必须将《愤怒的葡萄》缩写谱曲。席格本人没有打字机。幸好席格的室友有,格斯里就从其手里借了。席格问道:"哦,你为这个看了那本小说?"伍迪满不在乎地回答:"哪里……不过电影看了,没问题。"这么着,他带一大瓶葡萄酒,坐在地板上啪嗒啪嗒敲键敲了一个夜晚,把曲子写了出来。关于旋律,他差不多照原样挪用了自己喜爱的反叛歌曲《约翰·哈迪》。每当写完一节"Verse"(诗书),他就弹着吉他实际唱一遍,边唱边调整歌词,直到调整妥当。然后写下面的一节"Verse"……如此周而复始——席格回想道。

席格津津有味地注视着格斯里的这种作曲活动。看着看着,迷迷糊糊睡了过去。清晨到来睁眼一看,曲已经完成了。Verse 总数达十七段,而身旁的大瓶葡萄酒也空空如也。看样子,如此作曲方式对于格斯里是家常便饭。而且,每唱一遍就根据场所即兴改动歌词的内容。

席格为此发表感想:“就这首《汤姆·乔德》说来,一半功劳是南奈利·约翰逊(Nunnally Johnson)的。剩下的一半怕是伍迪的。毕竟他把一个半小时的电影压缩成了六分钟。”

伍迪·格斯里用正好两天时间就为RCA唱片公司录制了原定十二首歌曲。录第二遍的只有一首,其余全部一次完成。如今想来很有些难以置信。这次录音使他得到了三百美元预付金,这是他迄今取得的最高报酬(他全额寄给了遗弃在故乡的妻子和孩子)。伍迪·格斯里声誉日隆,其他歌手主动唱他的歌而有版税进来,那已是他形同废人的六十年代以后的事。在那之前几乎没有得到过款额像样的酬金。

但是,同格斯里愿望相反,为RCA做的这次录音卖得没有预料的好。以前不存在如此种类的音乐,唱片公司也不晓得以什么样的形式在什么地方卖。因而未能瞄准市场,结果吃了冷饭。不到一千张唱片稀里糊涂发了出去,就那样消失了。既没有成为像样的话题,又没有成为批评对象。第一版卖完后也没有重新印行。现在听来是那么强劲有力,音乐上也足以刻骨铭心,但在当时一般人耳里,这种音乐方式有可能相当奇特。格斯里认为不重印是出于政治原因，开始批判RCA唱片公司。自那以来，也是由于他本人的过激言行，以致至死都未能同大唱片公司保持良好关系。这也是他存世正规录音数量少的一个原因。

不过，《沙尘暴民谣》这张专辑唱片，尽管在大众市场遭到冷遇，却被部分乐迷近乎狂热地迎入怀中，怀着敬意一再品听。并且给了众多真诚的年轻人以深刻印象和影响。五十年代涌现的许多民谣歌手都说年轻时对这张唱片心往神驰。

此外这张专辑中让我感动的是《尘肺病蓝调》(Dust Pneumonia Blues)。沙尘暴袭来时肺部大量吸入细微沙尘的人们日后苦于“尘炎”，不少人因此丧生。那时当然没有采取次生灾害救援措施。人们不可能依赖别人，只能默默忍受痛苦。格斯里淡淡而满含哀痛之情唱出了贫苦人们遭受的这种难治之症的痛苦。下面是歌词的一部分(原文很长)：

I've got a dust pneumonia,
Pneumonia in my lung.
Doctor told me

Boy, you won't be long.

Dust is in my nose
And dust is everywhere
My days are numbered
But I don't seem to care.

You got my father
And got my baby too.
You come from dust
And you back to dust you go.

我得了尘炎,
肺已经不行了。
你活不久了,
医生对我说。

鼻子里塞满了

到处塞满了沙土。
来日已经无多，
但怎么都无所谓。

父亲也不行了，
孩子也不行了。
人都是来自沙土，
再回到沙土中去。

不用说，这里的引文出自《圣经》中“灰归灰，尘归尘”那句话。听得格斯里唱的这首歌曲，尽管是早在七十年前发生在遥远国度的灾难，但其病症的严重仍切切实实渗入我们的心胸。今天，我们可以在电视荧屏上活生生看到各处各样的灾难场景。但由于大部分场景已不知重复看过多少次，所以看的过程中已失去当时的冲击力，几个月一过就不再吸引人们的视线，被忘得一干二净。而格斯里演唱的那场灾害的悲痛场景、那篇经过严格验证的精确报告却永远留在我们的耳畔。那想必还是有赖于伍迪·格斯里这位优秀音乐家兼证言提供者的“格局之大”。自诩为伍迪·格斯里继承者的人世间固然不在少数，但惟独这“格局之大”不是所能简单模仿的。

伍迪·格斯里这个人为社会弱者奉献了一生，而另一方面，对也应说是家庭弱者的自己的太太和孩子们却好像没怎么尽心照料。或者莫如说，无论他怎么努力，他都是无法同家庭这一单位（或者概念）结下恒久关系的人。性格上他不能从事有固定收入的工作（对于有时间限制的工作很快生厌），不可能正常养家糊口。守在身边时他打心眼里爱太太和孩子，自会相应地负起作为好丈夫、好父亲的职责。问题是他无论如何都忍受不了长时间在同一地方。于是，他常常在某一天留下信一忽儿离家外出，就那样好几个月好几年都不返回。那期间若非有特殊情况他不会寄钱回家。他是个对金钱没感觉的人，只要有一笔整钱就马上寄回家去。但因为他本人也时常身无分文，所以即使想寄也没办法寄。自不待言，留在家里的太太和孩子生活困难，靠亲戚帮忙勉强度日。而伍迪本人却不以为意，似乎以为“反正总会过下去的”。如此一来二去，就在外面什么地方同其他女人在一起生下孩子。若是现在——在当时想必也是——他是个彻底的社会“失格者”。

此人其貌不扬，衣着不整，钱根本谈不上。但奇怪的是却很受女人喜爱。似乎他身上有独特的人格魅力。四十年代前后在纽约 CBS 广播电台上节目的时候，据有关人士介绍，“CBS 秘书的一半怕是都给他搞到手了”——这方面想必十分了得。满口俄克拉何马腔，头发总是乱蓬蓬的，脸上浮现让人恨不起来的笑，说话风趣，充满机智，无论什么都手到擒来地弄成歌引吭高歌。在这种讨人喜欢的男人面前，女人似乎宿命般被吸引过去。

“伍迪这个人非常性感，能非常性感地唱性感的歌。他像是通过歌声跟女孩子做爱的。女孩子就是那样为他吸引的。”当时的熟人这样回忆，他在这个意义上十分具有人格魅力这点看来是确切无疑的。

伍迪·格斯里这个人，性格相当复杂。既富于理想、做事认真，又肆无忌惮、逢场作戏，吊儿郎当得让人目瞪口呆。较之怀有自我矛盾，不如说人格分裂更为接近。他虽然为劳工的权利而战斗，而他自己却几乎没从事过像样的劳动。为赚零花钱短时间打过小工,其余时间都半是出于兴趣地演奏音乐维持生计。他诚然是受资本家残酷压榨的农业劳动者的坚定支持者,但现实中的农活根本干不来。他虽然是个脑袋灵活的知性之人,又爱看书爱写文章,而写文章时却又故意弄出拼写错误,省略语尾,像大老粗一样常用俚言俗语。例如说“知道了”,他将“knew”写作“knowed”。即使生活在有热水供应的环境里,他也以怕自己变瘫软为由而故意每天用冷水剃须。衣服尽量不洗,也不洗澡。虽然总是抱着吉他走来走去,却至死都不曾用过吉他盒。那是他的生存方式。其中也有的多少给人以刻意之感——他对人们看得见的方式硬是死守不放。

他屡屡过Hobo(流浪)生活,但那并非像其他人那样出于迫不得已。为了逃票,他冒着被铁路警察装进麻袋痛打的危险跳上货车,漫无目的地在全国各地流浪,而其原因主要是他喜欢这样的生活方式。骨子里喜欢流浪!说穿了,他是因时制宜地通过某一期间的流浪而得以在世人面前持续履行“伍迪·格斯里”这一职责的。在某种意义上,那也是自我证明的手段。同时也是逃离现实的妙计。每当周围矛盾错综复杂而事情变得麻麻烦烦的时候，他就手拎一把吉他，几乎分文不名地跳上火车去陌生之地追求冒险，追求浪漫，从而得以将现实生活产生的责任与义务轻易留在那里。那类琐事势必由留下的人受理。

如此这般，他虽然是个彻底追求自由——有时为所欲为——的人，但他自始至终都忠实于共产党堂而皇之的纲领。他积极采用共产主义作为自己良心赖以寄托的支柱，终生奉若神明，就好像一个永远老老实实思慕并不爱自己的父母的孩子。尽管美国共产党将格斯里视为“有问题的人物”而直到最后也没把正规党员证给他，然而格斯里对此毫不介意，为党的宣传活动倾注心血。其实，较之共产党员，无论怎么看他都是个天真的民粹主义者（草根民主主义的倡导者）。考虑到革命后的俄国实际发生的事，假如共产党真的夺取政权，伍迪·格斯里势必当即被党第一个除名，作为危险的异端分子送进收容所。格斯里便是在如此进退不得的背反性中生活的人。

作为“沙尘暴难民”的一员，作为富有献身精神的代言人，他为他们歌唱。但在正确意义上他本身并非难民。一来格斯里他每日生计并不怎么困难,二来他只是想去新天地,这同沙尘暴几乎无关。他只是作为"自由人"而留下家庭忽一下子去了加利福尼亚。这同倾家荡产、走投无路而背井离乡之人相比,情况多少有所不同。格斯里本来生于中产阶级家庭,起初是在大体算是优越环境中成长的。父亲是有一定教养的人,因涉足种种样样的政治活动和事业受挫而沦落到靠亲属的施舍勉强糊口的境地。尽管如此,仍然过着西装领带的生活,不曾从事过体力劳动。这样看来,格斯里的心性(mentality)原本属于中产阶级。不妨说,他是自主自愿接受俄克拉何马出身的贫苦白人(俄克佬)这一角色的,他终生都在不屈不挠地扮演这个角色。

乔·克莱恩在其著作《Woody Guthrie:A Life》(伍迪·格斯里:一生,兰登书屋出版)中这样描写了三十年代年轻时候的格斯里第一次体验流浪生活的情景。带着吉他的格斯里刚一跳上货车厢,里面的人就必定求他唱歌。

"大家都想听老歌。货车厢中没有人想听时髦的狐步舞曲。得知那些老歌居然能发挥那么强烈的效果,伍迪吃了一惊。他一唱歌,高高大大的男子们有时就眼睛湿润起来,合唱时声音微微发颤。母亲教给的感伤的抒情老歌成了同乡人心连心的纽带。对于成了流民的他们,此刻只有那样的歌把他们同故乡连接在一起。为他们唱歌是和在城里的演唱会上、在酒吧里助兴演唱截然不同的体验。那不仅仅是娱乐。他通过唱歌而在这里唤醒了人们的过去。人们就像咀嚼每个词一样几乎以毕恭毕敬的态度侧耳倾听。另一方面,伍迪也倾听他们讲述的身世,对他们的痛苦和悲愤切切实实感同身受。如此时间里,一个奇妙的念头渗入他的脑袋:我是这些人的一员!(中略)在此之前,伍迪从未想过自己是哪个团体的一部分。但此刻他这样想道:自己是一个俄克佬,这些人是自己的同伴!”

成为无根之草的格斯里就是这样在流浪途中通过音乐获得了新的寄身之处。说得漂亮些,他“获得了新的 identity(自证性)”。说得直白些,“他开始装出其他什么人的样子”。或许,伍迪是通过装出某种“样子”来巧妙保持自己这一存在的平衡的。而且,装出别人的“样子”对于他恐怕是自然而又舒服的事。抑或,他通过成为别的什么而得以逃出自己这个严密的围栏亦未可知。也可能他想多少走远一点儿。当然,时间这只凶猛的猎犬最后将他死死堵在了墙角。

这种不无分裂性质的气质和性格取向或许多少受到母亲遗传的"亨廷顿舞蹈病"的影响。"亨廷顿舞蹈病"属于遗传病,三十岁到六十岁期间发病,致使脑损伤缓慢而确切无疑地不断发展。无法充分进食,体重迅速下降,就那样慢慢走向死亡。其特征是筋肉的不随意运动造成手脚活像跳舞一样剧烈痉挛,病名即由此而来。由于格斯里的关系,如今很多人得以知道这种病症的存在。但在他本人生活的时代,甚至医生之间也不大知晓这种病症的存在本身。因而格斯里的母亲被诊断为普通的精神病,送去相关机构,在那里慢慢熬死。她明白那大约是亨廷顿舞蹈病,已经是很久以后的事了。

格斯里的母亲是在伍迪十多岁时发病的。或者陷入一种忘我自失状态,或者像鬼一样怒气冲天,日常生活中如此交替反复。大怒时的她对孩子们施加超过常识的严酷折磨。孩子们无法预测放学归来母亲会陷入哪一种状态。而且,有时出现目不忍视的剧烈可怕的痉挛。“睡前真希望睁眼醒来母亲变回我们还小时的母亲。可是睁眼一看还是老样子。”格斯里后来回忆道。不过除了这种偶尔流露的真心话,他直到最后都美化母亲,近乎执拗地述说美好的记忆。然而时过不久,母亲就惹出种种样样的骚动,最后被送进有关机构。父亲因这一打击失去求生欲望,一家就此离散,伍迪寄养远亲家里。格斯里强烈需求家庭而同时又千方百计逃离家庭,强烈需求母性存在而又同时那般害怕母性——如此情形估计是这种经历带给他的。

归根结蒂,之于他的母性可能是美国广阔的大地,之于他的父性可能是政治理想主义。他由东而西、由北而南不断在美国大陆移动过程中始终一贯地顽强追求这些价值观。不幸在五十年代初期,就好像被母亲亡灵追赶似的,他被诊断为亨廷顿舞蹈病。他自己主张单单是酒精中毒,然而病魔一步紧似一步侵蚀着他。不久,他不得不住进纽约一家医院,在亲朋好友的守护下开始了同病魔长期而痛苦的抗争。病房里虽然拿进了吉他和打字机,但他从未动过。音乐已经离开他的精神,永远从那里离开了。他的大脑就像巨大的火车头减速停车时那样缓慢而不容怀疑地停止了运动。一九六七年停止呼吸时，据说体重只有四十五公斤。

他的子女中也有几人因同一种病而年纪轻轻就失去了性命。格斯里的遗留亲属作为扑灭亨廷顿舞蹈病的旗手开展活动，遗憾的是病理至今仍不清楚，有效治疗方法自然无从发现。

有人说格斯里在流行音乐中的地位堪可与爵士乐中的查理·帕克相媲美——假如没有他们的存在，这两种音乐的形态肯定与今天有很大不同。想必如其所言。两人都是富有原创性的创作者、改革者。不过格斯里和帕克相比，其贡献的方向性迥然有别。帕克从即兴演奏这一不妨说是结构性的方向给爵士乐这种音乐以巨大的摇撼，提高其自发创造性，重新构筑，提升层次。相比之下，格斯里的所作所为，看上去与其说是音乐的结构改革，莫如说是将既有的几种音乐类型加以综合，在此基础上确立基本规范。换个说法，他几乎以一己之力树立了（他所考虑的）正确音乐必不可少的“精神支柱”。

所谓格斯里考虑的音乐，必须是追求无可摇撼的原则的手段,必须采取服务于这一目的的必然形式。而且,就他来说,其原则是极为浅显易懂、乐观向上、简洁明快的东西。创作歌曲、演唱歌曲之人必须具有足以向人们诉说的明确信息。而且信息必须是能够自然传播之物,必须产生正确的有效性。音乐当然必须是喜闻乐见的东西,但同时又必须具有某种目的和意义。尤其不必缺少悲悯这一要素。那不需要时髦。只要有一把吉他、有声音即可,此即足矣。

这就是之于格斯里的音乐本来的出发点。他那近乎过剩的喷涌而出的话语因为有了音乐这对强有力的翅膀而得以粲然飞翔。而且,在信息巨大的过剩性面前,音乐无论如何都必然是、必须是简单明了的。将来自旧大陆的民谣、蓝草(Bluegrass)音乐、牛仔劳动歌曲、黑人布鲁斯组合在一起创造出他自身的音乐风格。那风格是简洁的,而又极其结实耐用。尤其重要的是,它不属于任何人,而是从格斯里本身自然涌出的原创之物。

他的这种坚定而直率的音乐姿态,由多数正统派民谣歌手而鲍勃·迪伦而布鲁斯·斯普林斯汀不间断地继承下去。甚至在听詹姆斯·泰勒(James Taylor)那发音(articulation)

清晰明了的歌声过程中，有时也会倏然想起格斯里的歌唱。约翰·麦文盖博(John Mellencamp)、布莱恩·亚当斯所表现的反骨姿态中也可发现格斯里一以贯之的孤高情怀。就连蓝色少女合唱团(Indigo Girls)的音乐酿造的一往无前的氛围中，也可感受到格斯里爽净利落的气息。

这里列举的歌手的共通点有几个。其中之一，大约在于他们无论发生什么事都不为布什政权(或类似政权)歌唱。在这个意义上，可以说，格斯里的灵魂至今仍作为当下元素、作为一个有效的指针活在我们的社会中。格斯里本人的一生或许充满矛盾和混乱，他所取得的现实性成就也可能是有限的。由于共产主义退出历史舞台而使得左翼这一概念事实上从我们的社会中消失。伴随着社会的急剧复杂化、多元化，甚至什么是压迫、什么是阶级这类基本定义也变得相当模糊不清。但是，格斯里一贯怀有的、为被虐待人们争取社会公正＝social justice 的意志以及为其提供支撑的近乎天真的理想主义，不妨说仍被许多志同道合的音乐家所继承，至今依然顽固——也许应该说意外——维持其生命力。力图精密而生动地亲手记录历史场景的国民诗人传统也已找出几个继承者。

伍迪·格斯里的音乐恐怕很难说有多么洗炼。而且,他也并不是出色的作曲者。声音一般,乐器演奏也没有多么了不起。他本身对此已心知肚明。一次他在哪里表示:“我唱的很多歌,说到底不过是一首歌。”他诚然创作了大量音乐,但差不多全都是“一次性”的,唱完就忘个精光。据说他一生创作一千二百首歌曲,但几乎只有歌词存世,旋律并未留下(其中若干首这回由比利·布瑞重新赋予旋律)。格斯里似乎认为,音乐这东西是承载信息的活物,当场完成使命之后即使直接消失去哪里也无所谓,一如所有事物都生于尘而复归于尘。但是,伍迪·格斯里的灵魂没有被沙尘暴——无论多么猛烈的沙尘暴——刮跑,也没有被时代浪潮卷走,而确确实实流传至今。

进入五十年代,他的音乐终于为世人所公认之时,约瑟夫·麦卡锡(Joseph McCarthy)指挥的猛烈的剿共旋风正席卷美国全境,格斯里仅以帮共产党宣传的理由被短期投入监狱,好歹同大唱片公司签定的合同也因此作废。所以,他留下的录音,无论数量还是音质都决不令人满意。尽管如此,伍迪·格斯里的音乐仍堂堂正正叩击我们的耳鼓,而全然不以那种缺陷为意。

约翰·斯坦贝克就伍迪·格斯里留下了这样的文字:

"伍迪仅仅是伍迪。许多人不知道他另有名字。一把吉他和一个歌声,他就是他。他为那些人歌唱。在某种意义上,他正是那些人。那粗粗拉拉带有鼻音的歌声,那宛如换轮胎用的生锈铁棒挎在他肩上的吉他——伍迪没有甜腻之处,他唱的歌也不带一丝甜腻。但对倾听其歌声的人来说,最宝贵的东西就在那里。忍耐和奋起反抗压迫的意志就在那里。那不妨称之为美国魂!"

自不待言,音乐有各种各样的功能,有各种各样的目的,有各种各样的欣赏方式。不是哪个好哪个差那样的东西。但伍迪·格斯里终生坚守的音乐形式,无论在任何时代,想必都是我们必须带着敬意加以珍惜的一件瑰宝。

Dust Bowl Ballads
(Buddha 74465－99724－2)

# 后　记

很早以前我就想沉下心来好好写一次音乐，但总是得不到机会。具体说来，很想就一个主题分别写上五六十页原稿纸，而后作为系列归拢在一起。可是很难找到愿意刊发这种大体积记叙文的合适媒体。理想的形式是让人紧跟文字阅读，但这样一来，同音乐拉开距离的媒体就不易容纳。但另一方面，若是同音乐业界联系过于紧密的专业刊物，恐怕又相应出现种种难办的问题……如此这般跟音响专业季刊《立体声》总编辑小野寺先生一说，对方表示“那么，由我们连载可好?”他还说虽然我写的纯粹是音乐，同音响没多大关系，但只管写好了，想写多长就写多长。承其美意，我得以自由利用这个空间。

写一个主题要花好些时间。因此三个月出一刊，作为我实在求之不得。倘是月刊连载，怕是横竖都跟不上。我闷在家中，把唱片啦CD啦资料什么的像小山一样堆在桌子上写了起来，很麻烦，很花时间。就算说废寝忘食是言过其实，却也不是可以一挥而就的作业。不过，就音乐写文章——尽管相当辛苦——有一种此外体会不到的愉悦感。首先，能够听着音乐做事就让人高兴。其次，将过去的人生中以种种形式刻骨铭心（面带微笑）地持续听下去的音乐重新系统性听一遍，而后就好像跟踪自身心迹一样加以整理、分析、再次作为自己的东西确立起来——对于我实在是饶有兴味、深具底蕴的工作过程。非我辩解，将音乐所感变成文章这一形式并非易事。这同将食物的味道用语言准确表达出来的难度或许相通。只能通过将感觉到的东西一度拆毁、分解，进而从另一视角重新构筑来传达感觉的骨干。如何处理和解决这方面的困难，对于以文字为业的我也是个挑战。至于结果上是顺利还是不顺利，我本人也不太清楚。作为本人只能说姑且竭尽全力了。

回想起来，书和音乐在我的人生中是两个关键物。我的双亲不是多么爱好音乐的人，我小时家里一张唱片也没有。就是说并非能自然听到音乐的环境。尽管这样，我还是通过"自学"喜爱上了音乐，从某一时期开始一头扎了进去。零花钱统统用来买音乐，只要有机会就去现场听音乐演奏。即使少吃一顿空着肚子也要听音乐。只要是好音乐，什么音乐都无所谓。古典也好爵士也好摇滚也好，都不挑挑拣拣，只管一路听下去。这一习惯至今未变。大凡好的音乐——无关乎类型——都主动侧耳倾听。而若是优秀音乐，也会深受感动。人生的质地因为感动而得到明显变更的时候也是有的。

与此同时，书也看得如醉如痴。十岁到二十岁，我比周围任何人看的小说都多。那期间有一种类似自负的念头：像我这样看这么多小说的人怕是没有多少的！图书馆里的主要书籍几乎看完了。读法也非同一般。中意的书反复读了三四遍。如此这般，看书和听音乐（加上不时跟女孩子约会）差不多成了之于一二十岁时的我的全部生活。学校？功课？那么说来，那样的东西也许是有的，倒是记不清楚了。

理所当然，我是希望将来以文学或音乐为职业的，而归终音乐成了职业。从大学出来也懒得找单位就业。心想那么干什么呢？就决定开了爵士乐酒吧。那样一来，便可以从早到晚听音乐了——这是我最初的动机。事情非常简单。如今想来是够危险的，但在当时，觉得人生再简单不过。

以写作为职业，在那一阶段是不可设想的。当然，如果可能，我想高兴地选择那条路，毕竟我是想当剧作家才进大学的电影戏剧专业的。但当时的我认为自己基本上不具备写文章的才能。对看书这一行为实在太痴迷了，以致未能很好地描绘出自己写点什么或进行创作的个人形象。一旦作为接受者送走漫长的岁月，那么就很难想象自己成为送出者的场景。小说对于我乃是过于伟大的存在，无论如何都不敢想自己具有转去创作者一侧的资格。

不管怎样，不是文学而是音乐成了我人生中最初的职业。而且我认为我充分享受了那个工作。从早到晚放爵士乐唱片，周末加进现场演奏。喜欢音乐的人聚在一起，不管白天黑夜聊音乐聊个没完。看了电影《失恋排行榜》(High Fidelity)，不由得想起那时候自己的样子，觉得十分好笑。总之，很长时间里我的生活就是这样围着音乐转来转去。不过一来二去，“好像有什么不尽兴”那种茫然的心情涌了上来。想必对自己仅仅是作品的接受者(recipient)这点渐渐不满起来,尽管我想都没想到会产生那样的心情。细想之下,那是我人生的转折期。而当我二十九岁的时候,心血来潮地写了小说,直接成了小说家。

记得成为专业小说家之后五六年时间里几乎不听爵士乐。当宝贝收集的唱片也没正经动过。估计是对长期以音乐为职业的反动吧?本来那么喜欢爵士乐来着(何况仍然喜欢),却上不来想听音乐的心情!这么着,几年时间我都对爵士乐敬而远之,只听古典音乐和摇滚。当然,在某一阶段我倒是同爵士乐和解了,爵士乐重新强有力地返回我的音乐生活。

实不相瞒,以前我没有就音乐积极写过文章。若干同音乐相关的事倒是做过,但写的都是较短的文章。那是因为我强烈怀有这样一种心情:再不想把音乐带进工作领域!如果可能,我想纯粹作为个人性质的娱乐来同音乐发生关系。而不想因为和工作混在一起而再次损害音乐带给我的自然而然的欣喜。此外,不愿意过分分析音乐这种东西的念头也是有的。我以为,对于好的音乐,如果能原封不动地赏之乐之并在某种情况下为之感动,那恐怕就足够了。不料,最近想就音乐谈一谈的心情在我身上逐渐强烈起来。我开始修正自己的想法,觉得作为一个诚实的——但愿——音乐接受者、同时作为一个职业性文笔家(诚实在这里是理所当然的前提条件),差不多应该沉下心来认真谈谈音乐了。那想必是因为什么东西在心理上告一段落的缘故。至于是什么东西告一段落了,具体还不太清楚。但那种类似手感的东西的确就在自己身上。

这本书就是那种尝试的一个成果。我不是音乐专家,学问性质的精密分析做不到,资料的读解方面恐怕也有自以为是之处。文章中用的术语也可能缺少本来的正确性。音乐观和世界观有不少个人偏向。对此抱有反感的读者或许也是有的。说起偏向,本来我是打算尽可能公正对待的,但不言而喻,偏向和公正无论如何都拒绝共处的情况也无法排除。对于这样的(可以预想的)缺陷我要事先道歉。当然道歉也不可能一切都得到原谅,但我至少想把我写的文章在某种程度上是不完全的这一信息大体公之于众。说不定早已在世界某个地方公之于众了……

且不说那个了,不完全就不完全吧。只要能通过收录在这里的文章同各位读者多多少少分享类似音乐性同感那样的东西,那就再让我高兴不过了。“噢,是啊,那我是明白的”——便是这么一种心境,那就是音乐性同感。还有,如果你能因为看这本书而产生“想更多更深地听音乐”那样的心情,那么我的初衷也就差不多全部实现了。基本上,较之用脑,更多的是用心——尽管有头脑装备不够完备这一理由——写文章,这是我们的职业本分。

“没有意义就没有摇摆”这个书名,当然是对埃林顿公爵的名曲《没有摇摆就没有意义》(It Don't Mean a Thing, If It Ain't Got That Swing)的模仿。但并非仅仅出于语言游戏而取的这个书名。“没有摇摆就没有意义”这句话已经作为表达爵士乐精髓的名句在坊间广为流传。而我是从相反方向——也就是说,我是从究意为什么那里产生了“摇摆”、那里具备某种赖以成立的情况或赖以成立的条件吗这一观点尝试写这些文章的。这种情况下的“摇摆”,你将其看成任何音乐都相通的律动(groove)或起伏那样的东西即可。那东西古典音乐中有,爵士乐中有,摇滚音乐中有,布鲁斯音乐中有。

那是使得真正优秀的音乐作为真正优秀的音乐得以成立的那种“什么”＝something else。作为我，想用自己的语言在力所能及的范围内追索那个“什么”。

一开始我就提到了，原稿每次我都是随心所欲地写出来后交给《立体声》的。但杂志当然有其篇幅方面的考虑，每每发生“这个无论如何都太长了”这样的情形。小野寺先生也尽可能往里塞，但事情毕竟有其限度。那种时候就必须根据篇幅大面积削减文章。而这本书收录的是篇幅长的原文。因此，有的文章同杂志连载时有较大差异，这点还请体谅。此外，该说没说的、说过头的或理解错误、不符合事实的地方也在所难免——这些都借此机会一并增补、修正。另外，在人物小传和数据方面有幸得到了《CD 期刊》柴田修平先生的协助，在此谨致谢意。

什么时候我不知道，但我期待另有机会以其他形式彻底谈一谈音乐。

村上春树

二〇〇五年十月

**图书在版编目(CIP)数据**

没有意义就没有摇摆/[日]村上春树著;林少华译.
—上海:上海译文出版社,2011.12
ISBN 978-7-5327-5653-7

I.①没… II.①村…②林… III.①随笔—作品集
—日本—现代 IV.①I313.65

中国版本图书馆 CIP 数据核字(2011)第 245193 号



图字:09-2012-016 号

**没有意义就没有摇摆**
[日]村上春树 著 林少华 译
责任编辑/姚东敏 装帧设计/张志全

上海世纪出版股份有限公司
译文出版社出版、发行
网址:www.yiwen.com.cn
200001 上海福建中路 193 号 www.ewen.cc
全国新华书店经销
上海文艺大一印刷有限公司印刷

开本 787×1092 1/32 印张 9.5 插页 5 字数 114,000
2011 年 12 月第 1 版 2011 年 12 月第 1 次印刷
印数:00,001—20,000 册

ISBN 978-7-5327-5653-7/I·3323
定价:28.00 元